[유난하게   용감하게]

[유난하게 용감하게]

김윤미, 박시우 지음

몽스북
mons

어쩌다 영국 PROLOGUE

'아니, 오늘 런던 사람들 죄다 밖으로 뛰쳐나온 거야?'

구름 사이로 해가 빼꼼히 얼굴을 내미는 날이면 공원이며 거리며 카페 테라스며 온통 비타민 D를 '섭취'하려는 사람들로 영국 런던 시내가 북적인다. 산책과 사색을 사랑한 버지니아 울프처럼, 나 역시 이런 좋은 날을 놓칠세라 런던 곳곳을 바쁘게 돌아다닌다.

런던에서 내가 제일 좋아하는 장소를 꼽으라면 언제나 빅토리아 앨버트 뮤지엄(V&A)이다. 그중에서도 나의 최애 장소는 코트야드(Courtyard). 날씨 좋은 날에 찾아가면 어른들은 잔디밭에 누워 광합성을 즐기고 있고, 엄마 아빠 손을 잡고 따라온 아이들은 발목까지 오는 얕은 물에 발을 담근 채 자기들끼리 신나게 잘도 논다. 한국의 뮤지엄 문화에서는 상상하기 힘든 모습이다.

플랫 화이트(Flat White)를 마시며 그 모습을 멍하니 바라보고 있으면 '행복하다'라는 사전적 의미(생활에서 충분한 만족과 기쁨을 느끼어 흐뭇하다.)는 이런 게 아닐까 싶다. 그들을 바라보는 내 마음도 어느새 행복해지고 더불어 치유가 된다. 그러면서 한편으론 '지금 여기는 어디고 나는 누구인지' 생각에 잠기곤 한다.

어쩌다 나는 영국에 왔고 여기에 살고 있는 걸까, 앞으로 내 인생은 어떻게 흘러갈까, 3년을 계획하고 온 짧지도 길지도 않은 여행이지만 이 여정이 무탈하게 마무리될 수 있을까, 혹시 이 시한부 여행이 영원히 지속될 수는 없을까. 잡다한 생각이 꼬리에 꼬리를 물면 머릿속은 어느새 엉킨 실타래처럼 복잡해진다.

그러면 또 잡념은 마음 깊숙한 곳에 밀어 넣고 '일단 다시 오지 않을 지금 이 시간을 즐겨 김윤미!' 하고 주문을 외우며 요동치는 내 마음을 다독거려 본다.

큰 용기를 내서 영국에 왔다.

오래전부터 더 늦기 전에 유럽으로 베이스를 옮겨 일해 보고 싶은 마음이 있었다. 그래서 24시간을 쪼개서 썼을 만큼 하루하루 바쁜 스타일리스트 일을 과감히 중단하고 한 치 앞도 알 수 없는 미래에 내 시간과 돈을 기꺼이 지불할 요량으로 런던행 비행기표를 끊었다.

그렇게 용기를 낸 데에는 슈파(시우 아빠의 애칭)의 도움이 전적으로 컸다. 아내의 오랜 꿈을 옆에서 내내 들어왔던 슈파는 여러 해에 걸쳐 휴직을 시도했고 오랜 시도 끝에 회사 승인을 받아 휴직계를 제출했다. 보통의 회사가 그렇듯 슈파의 직장도 3년이라는 긴 시간 동안 자리를 비우게 되면 승진에서 당연히 누락되는 매우 보수적인 조직이다. 누락될 걸 뻔히 알면서도, 비교적 노후가 보장된 직장인의 안정적인 삶을 과감히 버리고 그는 새로운 삶에 대한 도전을 택했다. "행동하지 않으면 우리 삶에 변화는 없을 거야."라고 덧붙여 말하며.

우리 가족은 슈파의 잦은 야근과 나의 불규칙적인 촬영 스케줄로 저녁이 없는 삶, 주말이 없는 삶을 몇 년째 지속하고 있었다. 늘 바쁜 우리의 틈에서 자라는 딸 시우를 보며 '온전히 셋이 함께 보낼 수 있는 시간은 앞으로 몇 년이 더 남았을까?' '우리 셋 다 행복하게 잘 사는 방법은 과연 뭘까?' 하는 생각이 종종 들었다. 그럴 때면 더욱, 현재의 삶이 불만족스러웠다.

더 늦기 전에 셋이 똘똘 뭉쳐 살아보기를 작정한 것이다.

누군가는 이렇게 훌쩍 떠나게 된 우리를 보고 "그동안 벌어둔 돈이 제법 많나 보지?" "너희 서래마을에 건물이 있어서 월세를 받는다며?" "뭔가 든든한 뒷배가 있는 거 아니야?"라며 잘 알지도 못하면서 이런저런 말들을 했다.

하지만 그간 벌어서 모아둔 돈도 없었고 자주 가지도 않는 낯선 동네에 건물이 있을 리는 더더욱 만무하다. 나는 그런 이야기를 내 앞에서 꺼내는 사람이나 누가 이런 말을 하더라며 전해 주는 사람들 앞에서 이렇게 말하곤 했다.

"에이~ 우리는 남들보다 용기가 많지."라고.

되찾을 수 없는 게 세월이라고 했다. 용기 하나로 똘똘 뭉친 슈맘, 슈파, 슈슈(시우시우). 슈팸의 좌충우돌 영국 정착기는 이렇게 시작되었다.

2022년 가을

런던 빅토리아 앨버트 뮤지엄 안뜰에서

김윤미

추천사

⁂

우리는 미래를 위해 현재를 놓치고 살 때가 많다. 현재를 맘껏 즐기며 지금이 행복하다고 하는 이가 몇이나 될까.
나 역시도 부모님의 용감한 결정으로 아무 연고도 없는 뉴욕에서 가족들과 똘똘 뭉쳐 살았던 경험이 있다. 그 시간 동안 그 무엇과도 바꿀 수 없는 경험을 했고, 그때의 가족과 보냈던 그 시간들은 추억으로 가슴 깊이 남아 있다. 아마도 죽을 때, "그때 참 좋았어."라고 얘기하는 시간이지 않을까 싶다.
이제는 내가 부모가 되니 그런 용기를 낼 수 있을까 스스로 질문하게 된다. 이 책을 읽다 보니 나도 '유난하게 용감하게' 한번 해볼까 하는 마음이 몽골몽골 피어오른다.
오늘은 세상에서 제일 소중한 나의 가족들을 용감하게 꼭 안아주고 싶다.

— 이하늬(배우)

⁂

유난하게 용감한 시우네 가족의 영국 생활이 참 부럽고 궁금했었다. 언젠가는 만나서 이야기를 꼭 듣고 싶었는데, 이렇게 책으로 만나게 되어서 몹시 반갑다.
언젠가 작가님의 인스타그램에서 "'딸아, 나는 네가 너무 부럽다.'라고 했더니 딸 시우가 '그럼 내가 엄마를 사람들이 부러워하는 사람으로 만들어줄게!'라고 했다."는 글을 본 적이 있다.
이 가족의 유난하고 용감한 삶이 많이 멋지고 부럽다. 그 삶의 어둡고 밝은 면이 솔직하게 적힌 이 책도 많이 멋지다.

— 김나영(방송인)

⁂

시우네를 아는 패션계 사람들 모두 그들의 새로운 시작을 응원하며 부러워했다. 서울에서 누리고 있는 것들을 포기하고 떠날 수 있는 용기가 대단했고, 거기에 코로나19도 뚫은 그들의 스토리는 '대단하다'를 넘어 미친 여정이었다. 좋은 의미에서의 '미침'이다. 진짜 유난스럽다는 뜻이다.
인스타그램에서 보여지는 것이 다일 수 없듯, 그 어떤 말로도 위로가 되지 않는 시간도 있었다는 것을 책을 통해 알게 되었다. 하지만 그 아픈 시간을 통해 그들은 자신들만의 시간을 함께 창조해 나가고 있었다.

흘러가는 대로 시간을 내버려 두는 것이 아니라, 생각에만 머물러 있지 않고 두드리고, 밟아 보고, 만져보고, 부딪혀야 한다는 것을 다시 깨닫게 된다.

우당탕탕 시우네가 전하는 여행기를 보면서 내 눈시울은 어느새 뜨거워져 있었다. 나도 '한 도전' 하는 사람인데, 작아져 있는 지금의 내 마음 때문일 것이다. 언제쯤 나는 그들처럼 떠날 수 있을까?

일상을 넘어 미친 용기가 필요한 이들에게 이 책을 추천한다!! 가끔 우린 미쳐야 한다. 모두가 말리고 우려해도. 내가 미치면 가능해지는 용기와 도전들. 결과만을 위해 달리는 삶이 아닌 그 과정을 즐기고 누리는 자는 빛날 수밖에 없다.

우연이 들어올 기회와 공간을 열어두고 앞으로도 계속될 그들의 여정을 축복한다. 무엇보다 서울에서보다 더 밝아지고 자유스런 시우의 모습은 가슴 벅찬 성장이고, 그것은 곧 시우의 꿈과 미래가 될 것이다. 그거면 됐다. 도전이 주는 가장 큰 선물인 것이다.

— 장윤주(모델, 배우)

CONTENTS

일상을 여행처럼

Mum and Daughter

사랑과 전쟁

학교가 좋아

Everything is Art

CLENSTON MEWS W1

THE CREAKY SHED
20
20A
FIRE
FIRE

Happy
Father's
day

Coca-Cola

Pizzeria
PIZZERIA
DA GIOVANNI
PIZZERIA
LUCKY MARCHÉ
LE MATCH

일상을 여행처럼

가족이 셋 다
집에서 놀고 있습니다

YM

몽스북 출판사 대표로부터 『부부가 둘 다 놀고 있습니다』라는 책을 런던으로 받은 적이 있다. 지금 우리 부부를 생각하면 나는 이 책 제목부터 떠올라 웃음이 난다.

책 주인공인 부부 이야기와 우리 부부의 이야기는 전혀 상관관계가 없지만 우리 부부가 하던 일을 잠시 접고 영국에 간다고 했을 때도 주변 사람들의 반응이 꼭 이 책에 나오는 부부의 이야기와 같았으니까. 뭔가 든든한 뒷배가 있는 것은 아니냐, 로또에 당첨된 거 아니냐, 건물이 있어서 세를 주고 가는 거 아니냐, 그간 모아둔 돈이 제법 많나 보다 등등.

다 아니다. 우리는 개뿔도 없다.

여기까지 오는 데는 누군가 짐작하는 것보다 더 큰 용기가 필요했다.

나는 내가 영국으로 오면 서울에서처럼 아주 바쁘게 살면서 서울과 유럽 여러 나라를 자유롭게 오가며 촬영을 멋들어지게 하는, 여전히 소위 잘나가는 스타일리스트로서 꾸준히 일을 하게 될 줄 알았다. 그래서 서울 압구정동에 있는 스타일리스트 사무실도 그대로 두고 왔다. 과감하게 정리를 하고 왔어야 했는데 2년 동안 쓰지도 않는 사무실의 월세를 꼬박꼬박 부치는 일은 여간 스트레스가 아니었다.

인생이 마음먹은 대로만 흘러가 준다면 얼마나 좋겠는가. 예상치도 못한 코로나19가 터지면서 국경이 닫히고 격리라는 새로운 룰이 생기면서 촬영은커녕 가족들도 만날 수 없는 상황이 발생했다.

영국의 초기 코로나19 상황은 매우 심각했었다. 하루 확진자 수가 1만 4천 명에 달하면서 영국 정부는 강력한 록다운을 단계별로 세 번이나 실행했고, 유럽 여러 나라들도 도시를 하나둘씩 봉쇄하기 시작했다. 그야말로 소리 없는 전쟁이 시작되었다. 무서웠다. 그렇게 영국은 장장 9개월이 넘는 기간 동안 사실상 모든 것이 스톱된 록다운 상황이었다. 학교까지 문을 닫는 바람에 딸 시우도 입학한 지 2개월 만에 9개월을 꼼짝없이 집에서 놀았고, 대학원을 준비하던 슈파(시우 아빠의 애칭)의 계획도 차질을 빚었다.

'인생은 한 치 앞을 모른다.'라고 하는데 팬데믹 중에 경험하는 해외살이는 그 말이 열 배는 더 절실하게 와닿았다.

처음 영국에 와서 시우가 학교를 다닌 기간은 고작 2개월 남짓이다. 인스타그램을 통해 시우를 본 사람들은 처음부터 별 어려움 없이 영국 학교에 적응을 잘한 거처럼 보였겠지만 시우에게도 끝없는 인고의 시간이었다. 영어가 안 되니 말이 전혀 통하지 않아 답답함을 호소했던 시우는 매일 울면서 하교를 했다. 그때마다 나는 무슨 깡으로 알파벳도 가르치지 않고 영국까지 애를 데리고 온 건지 대책 없는 무모함에 자책하기 일쑤였다.

일한답시고 그동안 슈파랑 시우에게 제대로 된 밥 한 번 차려준 적도 없었던 나 역시 여기서는 삼시 세끼를 해 먹어야 하니 하루하루가 그저 너무 고되기만 했다.

'이대로 짐을 싸서 다시 한국으로 돌아가야 하나?'라는 생각도 잠시 했다. 기약 없는 록다운의 상황이 지속되다 보니 꿈에 그리던 영국 생활은 온데간데없고 화만 많아졌다.

셋이 똘똘 뭉쳐 살아보자고 왔는데 서울에서보다 서로 부딪히는 일이 더 잦아졌다. 믿지도 않는 사주팔자를 들먹여 가며 속으로 '내 사주에 혹시 외국에 나와 살면 이혼 수가 있다고 했던가?'라는 쓸데없는 생각을 한 적도 있다.

하지만 이런저런 갈등 속에서도 결국 결론은 같을 거라는 걸 우리 부부는 이미 잘 알고 있다. 그전으로 시계를 되돌린다 해도 우리 둘은 아마 같은 선택을 할 것이기 때문에.

터키에 이런 속담이 있다. "계단을 밟아야 계단 위에 올라설 수 있다."

그렇게 우리 셋은 지금 계단을 밟았고 그 위에 올라서 있다. 겨울은 영원하지 않고, 봄은 자기 차례를 건너뛰지 않는다고 하지 않았나.

놀고 있어도 괜찮다. 피할 수 없으면 즐기는 거다. "인생은 결국 잘 노는 게 남는 거야." 라고 오늘도 주문을 외운다.

‘시친쪽’을 돌려줘

SIU

내가 서너 살 때 시친쪽(쪽쪽이를 우리 집 식구들은 다 이렇게 불렀는데 ‘시우 친구 쪽쪽이’를 줄인 말이다.)을 너무 오래 물어서 식구들이 걱정을 많이 했다고 한다. 쪽쪽이를 오래 물면 입도 튀어나오고 치아도 상하기 때문이다.

어느 날 동물원에 놀러 갔다가 코끼리에게 바나나를 주는데 아빠가 내 입에 물려 있던 쪽쪽이를 획 빼서 감추고는 코끼리가 물고 갔다고 말했다.

그날 저녁 잠들기 전에 나는 시친쪽을 계속 찾으며 울었고 엄마는 “시우야, 아까 낮에 동물원에서 코끼리가 갖고 갔잖아.”라고 말해 줬다고 한다.

진짜 신기하게도 나는 그 말을 들은 그날 이후로 쪽쪽이를 찾지 않았다고 했다.

그날 이후 나는 코끼리나 코끼리 그림을 보면 내 시친쭉을 빼앗아간 코끼리를 문득문득 생각했다. 어렸을 적에는 그게 진짜였다고 믿었으니까.

저녁에 시 한 편을 읽었는데 코끼리에 대한 시였다. 나는 갑자기 코끼리 그림을 그리고 싶어졌다. 저녁에 엄마가 아이패드 속 내 코끼리 그림을 보더니 말했다.

"시우야, 코끼리 정말 귀엽다. 근데 코끼리 오른손에 들고 있는 저 노란 건 뭐야? 막대사탕이야?"

"아니! 코끼리가 갖고 간 내 시친쭉! 코끼리만 보면 내 시친쭉 생각나!!"

엄마는 웃으면서 "잊을 건 잊자, 시우야. 사람이 말이야 절대 어제를 후회하면 안 돼."라고 말해 주었다. 엄마 같았으면 울했을 거면서.

매일매일이 버라이어티해

YM

잉글랜드가 덴마크를 꺾고 사상 처음으로 유로(2020) 결승에 진출했다. 잉글랜드 전역은 축제에 빠졌다.

엘리자베스 여왕님도 승리를 기원하는 친필 응원의 메시지를 잉글랜드 축구팀에 직접 보내셨다고 하고, 나라 전체가 축제 분위기여서 생생한 현장도 구경할 겸 시우를 데리고 사람들이 가장 많이 모이는 소호(Soho)에 나가보기로 했다.

언더그라운드(영국에서는 지하철을 언더그라운드 또는 튜브라고 부른다.)를 타고 옥스퍼드 서커스(Oxford Circus)역에서 일단 내렸다. 커다란 영국 국기를 슈퍼맨처럼 어깨에 두르고 깃발을 든 축구팬들이 여기저기서 1966년 잉글랜드에서 열렸던 유로 주제곡 '풋볼 이즈 커밍 홈(Football is Coming Home)'을 연호했다.

축구 종주국인 잉글랜드가 1966년 자국 월드컵 이후 처음으로 메이저 대회 우승을 할 수 있는 기회여서 그런지 거리는 온통 흥분의 도가니였다.

그런데 리젠트 스트리트(Regent Street)를 지나고 피카딜리 서커스(Piccadilly Circus)역을 지나 레스터스 스퀘어(Leicester Square)로 걸어가는 동안 우리는 시우를 데리고 이곳에 나온 걸 바로 후회했다.

웸블리 경기장으로 향하는 술 취한 팬들이 맥주 캔과 병을 던지는 모습은 난동 수준에 가까웠다. 쓰레기통이 엎어져 온갖 쓰레기로 거리가 뒤엉켜 있었고 그들이 던져 깨진 술병 유리 조각들도 여기저기 널려 있어 위험한 상황이었다. 약을 하는 사람들도 있는지 마리화나 냄새가 거리 가득 진동했다.

슈파는 혹시라도 경기에 지면 후폭풍이 예상된다며 지금 서둘러 집에 돌아가는 게 좋겠다고 말했다.

윔블던(Wimbledon)역에 내려 집으로 걸어 올라가는데 1 대 1 무승부로 경기가 끝나 승부차기를 한다며 맥주잔을 들고 펍 앞에 나와 있는 남자들이 웅성거린다. 우리는 집까지 가는 동안 혹시나 경기가 끝날까 봐 바로 펍으로 직진했다.

앉자마자 승부차기가 시작되었다. 시우는 축구 광팬도 아니고 영국 사람은 더더욱 아니면서도 잉글랜드 팀이 한 골을 넣을 때마다 몸이 뒤로 휘청댈 만큼 소리를 질러댔다. 시우의 열정적인 응원에도 불구하고 잉글랜드는 4 대 3으로 패했다.

잉글랜드가 패배하면서 웸블리 경기장은 순식간에 초상집으로 변했다는 뉴스가 나왔다. 6만 관중이 모인 경기장에서 폭력 사태가 벌어진 것이다. 무서운 뉴스를 들으니 우리가 그곳에 있지 않은 게 천만다행이었다. 슈파의 빠른 판단으로 안전하게 집으로 돌아온 게 그저 감사했다. 승부를 떠나 떠들썩한 역사적인 현장에 우리 가족이 함께 있었다는 게 특별한 경험이었던 하루였다.

정말 런던에서의 삶은 매일매일이 어메이징하다.

감사 한 줄

YM

친정엄마는 내게 이런 말을 자주 했다.

"윤미야, 사람은 마음보를 곱게 써야 해. 마음을 곱게 쓰지 않는 사람들은 나중에 인상도 달라져. 누가 그러는데 감사의 마음은 얼굴을 아름답게 만드는 훌륭한 끝손질이래. 그저 감사 또 감사하면서 살아야 한다."

우리 셋은 서울에서 매일 감사 노트를 썼었다.

자기 전에 하루 동안 감사했던 일들을 간단하게 적는 우리들만의 노트가 있었는데 그걸 영국에 와서도 계속 쓰는 중이다. 자기 전에 되도록 매일 쓰고 자는 편인데 무엇보다 나중에 읽어보면 그날그날 뭘 했는지 기억할 수 있어서 좋다.

노트를 휘리릭 넘기다 멈춰진 페이지를 읽어본다. 2021년 6월 13일 Sunday에는 이런 감사함이 넘쳤구나.

Dad

1 가족과 함께 재미있는 전시를 봐서 감사해요.

2 화창한 날씨 감사해요.

Mum

1 빈센트 반 고흐 전시 재미있게 봐서 감사해요.

2 맛있는 저녁 잘 먹었습니다. 감사해요.

3 세 식구 모두 건강해서 정말 감사해요.

Siu

1 아주 아주 아주 아주 화.창.한. 날.씨.가 시.우.를. 멜.팅.하.게. 만들어서 감사해요.

특히 시우의 감사 한 줄이 참 재미있고 뭉클하다.

걷는 게 좋아

SIU

오늘도 아빠랑 엄마랑 셋이서 집을 나섰다.

록다운 중이라 학교에도 갈 수 없고 레스토랑도 다 문을 닫았다. 편의점에서 생수 한 병이랑 내가 좋아하는 복숭아 맛 아이스티를 하나 샀다.

우리는 매일같이 나와서 온 동네를 걷는다. 오늘은 집 반대 방향으로 걸어가 보자고 아빠가 말했다. 아빠는 아마 본머스(Bournemouth, 잉글랜드 남해안의 휴양 도시) 지도를 그리라고 해도 잘 그릴 것 같다.

우리 집에서 시내 방향으로 10분 정도 걸어가면 바닷가가 나온다. 코로나19 때문에 답답하지만 바닷가에 가면 모래놀이도 할 수 있고 연날리기도 할 수 있어서 좋다.

엄마 휴대폰의 만보기 앱을 보면 우리가 3시간 정도를 걸으면 2만 보쯤 걷게 된다. 엄마는 서울에서는 매일 운전을 하고 다니니 걸을 일이 없었는데 여기 와서는 걷는 게 좋아졌다고 했다. 생각 없이 계속 걷다 보면 나 때문에 화가 났던 것도 금방 가라앉는다나. 나도 엄마 아빠가 처음에 나가자고 했을 땐 귀찮고 다리가 아파서 싫었는데 이제는 동네 구경을 하며 걸으면 기분이 좋다.

그런데 문제가 있다. 그렇게 걷고 들어오면 배가 고파 저녁을 너무 많이 먹는다는 것이다. 오늘도 밥을 두 그릇이나 먹었다.

"엄마. 입맛 없다, 반찬이 없다며 투정 부리는 사람들한테 2만 보 걸어보라 그래! 김 한 장만 있어도 밥 열 그릇 먹겠다!"

진짜 오늘 밥맛은 더 꿀맛이었다.

CTV
"HALO"

<<< FL♥WER MARKET

언제까지 코를 쑤셔야 하는가

SIU

2교시가 지나니 오피스 선생님인 미스 아시(Miss. Ash)가 나를 불렀다. 엄마에게 연락했으니 책가방을 챙겨 리셉션 오피스에 같이 가자는 거였다. 내가 수업 시간 내내 기침을 너무 많이 해서 코로나19 증상처럼 목이 심하게 아팠기 때문이다.

아침에도 기침을 많이 해서 엄마가 자가 진단을 해줬었는데…….

그동안 나는 코로나19 때문에 학교를 거의 못 갔다. 처음 영국에 온 뒤 두 달밖에 학교를 다니지 못하고 9개월 동안 엄마 아빠하고만 놀았다. 그때 너무 심심하고 힘들어서 이번에도 코로나19에 걸려 학교에 또 못 가게 될까 봐 걱정이 되었다.

엄마는 서둘러 검색을 하고, 드라이브 스루(drive through)로 PCR 테스트하는 곳으로 나를 데리고 갔다. 보호복을 입은 아저씨의 안내를 따라 체크인 하고 주차를 했는데, 창문을 내리라고 하더니 창문 너머로 검사 키트를 건네주는 게 아닌가. 차 안에서 자기 코를 알아서 쑤시라고 하면서 말이다.

창문을 내리면 검사원이 면봉으로 내 코를 대신 쑤셔줄지 알았다. 엄마도 당황했는지 “아니, 이런 식이면 집에서 하는 자가 키트와 전혀 다를 게 없는데 이 시스템은 또 뭐람?”이라 하셨다.

내 코를 내가 쑤시는 게 싫어서 엄마에게 해달라고 했다. 엄마가 면봉을 콧구멍 안에 제대로 넣지도 않았는데 따끔해서 얼굴을 찌푸렸다.

코로나19가 지긋지긋하고 싫다.

“엄마! 도대체 내 코를 몇 번을 더 쑤셔야 코로나19는 없어지는 걸까?”

코로나19가 없는 세상에 살고 싶다.

꿈에 그리던 캠핑카 여행

YM

영국은 캠핑 문화가 일상처럼 자리하고 있어서 다양한 방법으로 캠핑을 즐길 수 있다. 그래서 클래식 캠핑카 렌털 서비스 또한 매우 발달되어 있다.

록다운 규제가 약화되면서 해외여행은 불가하지만 영국 내 여행이 가능해진 시기를 틈타 클래식 캠핑카 여행을 하자고 계획을 세웠다. 영국의 여름 성지이기도 하고 영화 〈어바웃 타임〉의 낭만적인 바닷가 마을의 촬영지인 콘월(Cornwall) 일대를 클래식 캠핑카의 정석인 폭스바겐 마이크로 버스 캠핑카를 빌려서 떠나가기로 한 것이다.

1973년식 폭스바겐 마이크로 버스를 개조·보수한, 이름도 귀엽게 슈렉(왜 슈렉인지 딱 보면 알 수 있는 그린 컬러 차량)인 클래식 캠핑카를 빌렸다. 클래식 카라서 차 안에 에어컨이 없어 걱정했는데 다행히 영국의 여름 날씨는 그다지 덥지 않았고, 창문을 열어두면 바람이 솔솔 불어와 찜통더위는 간신히 피할 수 있었다.

시우는 록다운 기간 내내 학교도 못 가고 집에만 갇혀 있다시피 했던 터라 모처럼 떠난 여행 내내 온몸으로 여행을 즐겼다. 무엇보다 디자인도 예쁜 슈렉 캠핑카가 시우의 마음을 단번에 사로잡았다. 차 안에서 먹고 놀고 자고 모든 걸 이동하며 버라이어티하게 하니까 신나 보였다.

콘월을 다녀온 사람들의 후기는 크게 두 부류로 나뉘는데, 완벽하게 좋았다고 칭찬을 아끼지 않는 사람들이 있는 반면 최악의 여행지도 꼽는 이들도 많이 봤다. 감상평이 극과 극을 오가는 원인은 날씨에 있었다.

마침 우리가 찾았을 때는 따사로운 햇살과 어우러진 바다 풍경이 그간 우리가 잃어버렸던 그림 한 조각 같았다. 그제야 퍼즐이 맞춰진 듯 우리의 일상이 되돌아온 것만 같았으니까.

시우도 몇 개월 만에 또래의 아이들과 어울려 첨벙첨벙 물장구치고 놀았다. 평범한 이 모습이 눈앞에 펼쳐졌는데도 록다운 기간 중이어서 그랬는지 꿈인지 생시인지 순간순간 분간이 가지 않았다.

5박 6일 기간 중 데본에서의 하룻밤은 잊을 수 없는데 도착한 날이 시우의 생일이기도 했고, 그곳에서 받은 서핑 레슨과 서핑을 하는 장면들이 영화의 한 장면처럼 뇌리에 박혀버렸기 때문이다. 웨트슈트(wetsuit)를 착용했지만 한여름임에도 불구하고 바닷물은 굉장히 차갑다는 사실도 뭔가 짜릿했다. 시우와 슈파는 추운지 모르고 파도에 몸을 맡긴 채 신나게 서핑을 즐겼다.

캠핑 여행은 일반적인 여행과는 전혀 다른 경험을 선사하는 것 같다. 한국에도 요즘 캠핑 붐이 불었던데 영국에는 캠핑 마니아들에게 추천할 환상적인 캠핑 장소가 많이 있으니 꼭 한번 경험해 보았으면 한다. 자연 그대로를 즐길 수 있는 시간이 될 테니.

☘ TIP ☘

캠핑카 렌트하는 방법

구글링으로 런던 모터홈(london motorhome)이나 클래식 캠핑카를 검색해 대여할 날짜와 스케줄을 메일로 보내 놓으면 연락이 오는 식이다. 클래식 캠핑카는 개인이나 소규모 업체가 렌털을 해주므로 사전 예약과 컨펌이 필수다.

영국의 렌터카 회사에서는 내셔널 인슈어런스 넘버(의료 및 납세 번호)를 요구하는 곳이 대부분이므로 사전에 여행자라는 것을 미리 알리고 렌트가 가능한지 문의해야 낭패를 면할 수 있다. 클래식 캠핑카의 멋짐과 감성과는 달리 자칫 잘못하면 난관에 봉착할 수 있다는 점도 미리 알아두어야 한다.

대부분의 클래식 캠핑카는 오토가 아닌 매뉴얼 방식이다. 그리고 거의 1970년대 차량인 만큼 아무리 개조를 했어도 편의 사항이 전혀 없다. 즉, 에어컨, 파워 핸들, 오토 기어, 파워 윈도가 없고 속도를 기대하면 안 된다. 에어컨은 없지만 창문을 열어 놓고 달리면 시원하긴 하다. 창문은 물론 향수를 자극하는 로터리식이고 스피드는 안전을 위해 절대 시속 50마일(80km)을 넘지 않는다.
그리고 캠핑을 떠나기 전에 미리 구글에서 캠핑 사이트나 피치(pich) 사이트를 검색하여 예약을 하는 것이 좋다. 인기 있는 사이트는 일찍 마감이 된다. 요금은 보통 전기를 사용할 수 있는 곳은 40~80파운드이고 그렇지 못한 곳은 보통 20~30파운드 정도 한다.
우리는 슈렉을 5박 6일 기간으로 760파운드에 렌트했다.

EWU 396T

아빠는 더 이상 아빠가 없다

SIU

매주 수요일, 학교에서 케어 홈(care home)에 간다. 양로원 같은 곳이다. 그곳에서 영국 할머니, 할아버지들에게 노래도 불러주고 악기 연주도 하고 종이접기 같은 것도 하면서 같이 놀아드린다.

케어 홈에 가면 나는 기분이 좀 이상해진다. 코로나19 때문에 한국을 못 가서 보통 주말에 영상 통화로 서울에 있는 할머니, 할아버지를 만나는데 여기에 오면 서울 할머니랑 할아버지가 생각나기 때문이다.

우리 친할아버지는 작년에 돌아가셨다. 우리는 코로나19 때문에 할아버지 장례식에 가지 못했다. 그때는 영국에 코로나19가 엄청 심각했을 때라서 서울까지 바로 가는 비행기가 없었다. 도착해도 코로나19 검사를 해야 했다. 그러면 장례식이 다 끝난 다음에야 도착하니까 친할머니는 어쩔 수 없이 우리에게 오지 말라고 했다.

새벽에 엄마가 나를 막 흔들어 깨웠다.

엄마랑 아빠는 검은색 옷을 입고 있었다.

아빠는 노트북을 켜고 소파에 앉아 있었다.

엄마가 나도 아빠 옆에 앉으라고 말했다.

나는 졸린 눈을 비비고 옆에 앉았다.

갑자기 컴퓨터 화면에 검은 한복을 입은 친할머니, 고모가 나왔고 가만히 누워 있는 친할아버지도 보였다. 할아버지도 흐린 노란색 한복 같은 걸 입고 있었다.

아빠가 큰 소리로 울기 시작했다.

엄마도 울었다.

나도 따라 울었다.

우리 셋은 다 울었다.

나는 그날 우리 아빠가 우는 모습을 태어나서 처음 봤다.

우리는 줌(zoom)으로 장례식에 참여하는 거라고 엄마가 설명해 주었다.

모니터 안에 보이는 사람들은 다 울고 있었다.

나는 할머니가 할아버지 얼굴을 만지면서 울 때 목구멍이 따가워지면서 기분이 이상했다.

그러고 나서 얼굴을 보자기 같은 걸로 감쌀 때는 무서워서 엄마 등 뒤로 숨었다.

아빠는 계속 계속 많이 울었다.

내가 아는 우리 아빠는 이 세상에서 제일 씩씩한 남자인데 아빠가 계속 우니까 아빠가 불쌍했다.

이제 아빠는 더 이상 이 세상에 아빠가 없는 거니까 더 슬퍼 보였다.

장례식이 끝나고 아이패드에 친할아버지 얼굴을 그렸다.

친할아버지는 우리 아빠랑 진짜 똑같이 닮았다.

나는 아빠 얼굴을 볼 때 가끔 돌아가신 친할아버지가 생각난다.

아빠는 줌으로 할아버지 장례식을 하고 난 다음 날부터 매일매일 달리기를 한다.

엄마는 아빠가 슬픔을 잊으려고 달리는 거라고 했다.

오늘도 아빠는 땀이 뻘뻘 나도록 달리기를 하고 집에 들어왔다.

어느 일요일 아침에 밖에서 유리 창문을 닦던 아빠가 나에게 말했다.

"시우야, 나도 우리 아빠 보고 싶다."

할아버지가 안 계신 건 무척 슬프지만 하늘나라에서 여전히 우리 세 식구를 지켜주고 계실 것 같다.

눈 뜨고 코 베이는 영국

YM

한국에선 여러 차례의 독촉에도 불구하고 자동차세를 계속 체납하면 직접 와서 차 번호판 떼어 간다고 한다. 영국에서는 법원 직원이 집까지 친히 찾아와 세금을 그 자리에서 내지 않으면 차를 끌고 가겠다고 말한다. 머리털 나고 또 처음 겪어보는 일이다.

사건의 발단은 이랬다.

런던은 존 1(zone one)으로 자동차를 몰고 들어가면 15파운드 혼잡 통행료(congestion charge)라는 것을 청구한다. 그래서 그 구간이 나타나면 도로 바닥이나 이정표에 빨간 글씨로 C라는 알파벳이 써 있는 것을 발견할 수 있다.

처음 영국에 왔을 때 그런 교통 법규가 있다는 걸 까맣게 몰랐던 슈파가 후배와 약속이 있어 소호까지 자동차를 끌고 가서 근처 유료 주차장에 차를 세운 적이 있었는데 모르고 혼잡 통행료를 지불하지 않아 집으로 가산금이 붙은 75파운드의 벌금 고지서가 날아 왔다.

그 벌금 고지서를 받은 뒤 28일 이내에 계좌로 벌금을 이체했어야 했는데 우리는 그 당시 런던으로 이사를 준비하는 중이었고 이사 날짜가 맞지 않아 불가피하게 에어비앤비에서 거주하고 있었다. 그러니 전에 살던 집 주소로 날아간 고지서를 받았을 리 만무했던 것. 심지어 에어비앤비에 살면서도 우편물을 찾으러 몇 번이나 그 집을 방문했는데 그때 세금 관련 우편물은 본 적도 없었다.

런던으로 이사를 오고 그 뒤로도 몇 달이 지난 어느 날, 초인종을 눌러 나가보니 목에 출입 카드 같은 것을 걸고 있는 두 명의 낯선 사람이 서 있는 게 아닌가.

“Does Mr. Park live here?”(여기 미스터 박이 사나요?)

지은 죄도 없는데 겁이 덜컥 났다.

“He’s gone to the supermarket now. What’s going on?”(지금 슈퍼마켓에 갔는데 무슨 일이지요?)

그랬더니 그건 미스터 박이 돌아오면 이야기한다고 한 시간 뒤에 다시 오겠다는 말을 남긴 채 사라졌다.

슈파가 슈퍼마켓에 갔다가 돌아오니 아까 왔던 그 사람들이 다시 초인종을 눌렀다. 알고 보니 존 1의 혼잡 통행료를 지불하지 않아 가산금이 붙은 323파운드의 벌금 고지서가 최종 발급되었는데도 그것을 체납하여 결국 법원으로 넘겨져 법원 집행관이 자동차를 압류하러 온 것이다.

나는 몰랐었는데 슈파가 안 그래도 세 번째 278파운드의 독촉 고지서를 새 주소지에서 처음 받고 너무 황당해서 "우리는 런던으로 이사를 하는 바람에 주소지가 달라 첫 번째 벌금 고지서를 아예 받지 못했으며 세 번째 독촉 고지서가 이사 후 처음 받은 고지서였다."고 이의 제기 메일을 보내놓은 상태였다. 그런데 답변을 듣기도 전에 법원에서 직원들이 직접 집으로 찾아온 것이다.

찾아온 집행관에게 법원에 이의 제기 메일을 보내놓았다고 말했더니 이미 벌금 징수가 법원으로 넘어간 케이스는 납부를 해야 할 뿐 다른 방도는 없다고 했다. 그러면서 결론은 지금 당장 벌금을 내지 않으면 자동차를 끌고 가겠다고 말했다.

하는 수 없이 슈파가 이체할 계좌 번호를 알려달라고 했다. 그랬더니 갑자기 직원이 가방에서 커다란 신용 카드 머신을 꺼내는 것이 아닌가. 웃을 일이 아닌데 슈파와 나는 순간 눈이 마주쳐 웃었다.

'정말 돈 앞에서 살벌하구나, 이놈의 나라!'

그런 일이 있던 이후로 이정표만 보면 그렇게 C만 보인다.

"에이 씨!"

시우의 이웃사촌 아줌마

YM

1년 반 만에 서울을 다녀온 우리는 런던 집에 도착하자마자 짐을 풀기도 전에 급히 라면 물부터 올렸다. 라면 물이 끓는 동안 슈파는 장시간 비운 집에 혹시 누군가 침입한 흔적은 없는지 살펴보는 사람처럼 집 안을 꼼꼼히 둘러본다.

나는 비행기 안에서 내내 자느라 저녁을 놓쳤고, 시우는 미리 주문을 넣은 키즈 밀키트가 맛이 없다며 먹는 둥 마는 둥 했고, 모든 음식을 가리지 않고 늘 맛깔스럽게 먹는 슈파는 기내식도 불평하지 않고 잘 먹지만 늘 적은 양이 문제라 모두 배가 고팠다.

라면도 여기 한인 슈퍼에서 파는 건 서울에서 먹는 것과 맛이 다르다. 외국인들 입맛에 맞춰 스프를 다르게 제조한다는 말을 들었는데 그 말이 맞는 건지 서울에서 먹은 라면 맛보다 맵지 않고 알싸한 맛이 덜하다고 할까.

트렁크를 열어 서울에서부터 이고 지고 온 진라면 세 개를 팔팔 끓는 물에 투하한다. 신라면에는 넣지 않는 달걀을 진라면에는 꼭 넣어야 한다는 시우의 룰대로 달걀도 두 개 깨뜨려 휘휘 푼다. 아는 맛이 무섭다고 냄새부터 침샘을 자극해 군침이 도니까 배가 더 고팠다.

친정엄마가 작년 겨울에 담근 김장 김치를 싸 줘서 신줏단지 모시듯 조심스럽게 들고 왔는데 라면에 엄마 김치를 척척 올려 먹으니 여기가 서울인지 런던인지…….

외할머니 김치 맛은 역시 최고라며 엄지척하면서 라면을 먹던 시우가 갑자기 양손을 흔들면서 '안녕' 하는 제스처를 하는 게 아닌가.

"아니, 라면 먹다 말고 시우야 뭐 하냐?"

"엄마, 저기 좀 봐! 우리 집 건너편 2층 아줌마가 날 보고 손 흔들면서 인사하는데? '너 이제 왔구나!' 그런 느낌으로?"

그제야 건너편 집을 올려다보니까 정말 개수대 앞에 나이 지긋한 여자 한 분이 서 있는 게 보였다.

시우에게 저 아줌마는 도대체 어떻게 아냐고 물었더니 자기는 거실 테이블에서 밥을 먹다가, 그림을 그리다가, 아이패드를 하다가 아줌마랑 종종 눈이 마주친다고. 그래서 그때마다 눈인사를 주고 받는 사이라고 말했다.

"시우야, 엄마도 없는 이웃사촌이 너는 벌써 생겼네?"

내가 아는 게 다가 아니고
네가 아는 게 다가 아니다

YM

그간 내가 알기론, 쌍 라이트의 변질된 의미는 '싸우자'라는 무언의 신호였다.

영국에 살면서 운전을 하는데 어느 날 반대편 차가 나에게 쌍 라이트를 켜서 몹시 당황했던 적이 있다. 영국 교통 법규를 다 알지 못했던 나는 속으로 '내가 도대체 뭘 잘못한 거지?' 생각하며 순간 멈칫했는데, 나중에 알고 보니 영국에선 쌍 라이트의 의미가 '내가 비킬 테니 네가 먼저 와.', '내가 먼저 양보할게.'의 의미였다.

요즘엔 한 대만 지나갈 수 있는 좁은 도로의 골목에서 상대방 차를 만났을 때 나도 자신 있게 쌍 라이트를 켜서 '네가 먼저 와.'라며 양보의 신호를 보낸다. 운전석이 한국과는 반대라 쌍 라이트를 켠다는 게 가끔 와이퍼를 켜서 당황스럽지만.

내가 아는 게 다가 아니고 네가 아는 게 다가 아닌, 느끼고 알아가는 배움의 시간들이 나쁘지 않다.

고민 헤아리는 밤

YM

우리는 아직도 시우를 가운데 놓고 셋이 같이 잔다.

지인들은 다 큰 딸을 가운데 두고 셋이 자는 게 마땅찮은지 어서 분리를 하라고 종종 조언한다. 그럴 때마다 그도 맞는 소리여서 몇 번을 시도해 봤지만 사우는 새벽에 깨서 우리에게 오기 일쑤였다. 그런 일이 몇 번 더 있은 후 우리는 시우에게 "아직 준비가 덜 된 것 같아. 괜찮으니까 네가 혼자 잘 수 있을 때, 혼자 자고 싶을 때 천천히 혼자 자."라고 말해 주었다.

우리는 시간이 지나면 알아서 해결될 일은 크게 애쓰지 않는 편이다. 노력한다고 되는 일도 아니고 해서 말이다.

어느 날 자려고 손을 잡고 누웠는데 또 도란도란 이야기꽃이 피어나기 시작했다.

“시우야, 너는 학교가 재미있어?”

“응. 엄마! 이상하게 같은 플레이스(place)인데 늘 새로워. 그리고 한국 선생님들은 대체적으로 점잖으시잖아. 그런데 영국 선생님들은 장난기가 엄청 많아. 한국에서 학교 다닐 때는 내가 교실에 갇혀 있는 기분이 들었거든. 근데 여긴 자유로워. 그래서 내가 여행하는 거 같은 기분이 들어.”

여행처럼 살아보자고 잠시 서울을 떠나왔는데 시우가 여행하듯 살고 있다니 부럽고 감사한 마음이 들었다. 인생은 예측 불허, 그리하여 생은 의미 있는 거라지만 한 치 앞도 내다볼 수 없는 상황 속에서 매 순간 선택을 해야만 한다. 우리의 인생은 과연 어디로 흘러갈까.

시우랑 이야기를 주거니 받거니 할수록 더 고민이 많아지는 그런 밤들이 지난다. 나도 무거운 마음의 짐을 좀 벗어 던지고 시우처럼 여행하는 기분으로 살고 싶다.

행복의 문이 하나 닫히면 다른 문이 열린다는데, 닫힌 문을 멍하니 바라만 보다가 열린 문을 보지 못하게 될까 두렵다.

Piccadilly line trains will not stop at
from Saturday 27 February 2021 until spring 2022
This is while work takes place to replace all five escalators at the station simultaneously.

더 이상 이사는 없다

YM

이곳은 영국 와서 살게 된 여섯 번째 집이다.

말이 쉽지, 그간 다섯 번이나 집을 옮겨 다니면서 불안정한 삶을 살았는데 이게 다 코로나19 때문이지 싶다. 인생 한 치 앞을 모른다더니 딱 우리가 그 꼴. 가끔 영국살이 소식을 올리는 내 인스타그램을 본 지인들은 영국에서 지내는 날들이 뭔가 더 자유롭고 여유로워 보여 다들 부럽다고 했지만 정작 나는 정신적으로 많이 힘들었던 시기다. 다이어트에 마음고생만 한 게 없다더니 신경을 많이 쓰니까 정말 살도 쪽쪽 빠지더라.

무데뽀 정신이 남다른 슈파와 나는 영국으로 3년살이를 하러 오면서 살(live) 집을 계약하지 못하고 왔다. 살 집은 눈으로 직접 봐야 하니까 그도 어쩔 수 없는 선택이었다. 그래서 한 달 동안만 잠시 머물 에어비앤비를 구해 놓고 그렇게 잠시 살면서 오래 살 집을 찾아보자고 한 것이다. 하지만 그건 전적으로 우리의 착각이고 오만이었다.

우리가 처음 정착한 곳은 런던이 아닌 본머스(Bournemouth)였다. 영국으로 떠나자고 결정한 후 사람들은 당연히 우리가 런던으로 갈 줄 알았다고 했다. 하지만 나는 대도시 런던을 제외한 지역에서 살아보고 싶었다.

런던에 살면 왠지 서울에서와 별반 다르지 않은 삶을 살 것 같았다. 런던에 살고 있는 지인들도 많고 또 런던으로 출장을 오는 이들도 많을 테니 서울에서의 삶과 달리 가족 중심의 삶을 살려면 한적한 시골이 낫지 않겠냐 생각했기 때문이다.

아이를 키우면서 살기 안전하고 아름다운 시골은 없을까 싶어, 영국 남자와 결혼한 에디터 후배에게 조언을 구했다. 후배 남편이 본머스를 추천해 준 날 나는 바로 슈파에게 본머스로 가자고 카톡을 날렸다. 슈파는 내 문자를 받고 브라이튼이나 브리스톨 등 런던 근교의 다른 도시도 좀 알아봐야 하지 않겠냐고 했지만 나는 강력하게 밀고 나갔다.

그렇게 우리는 본머스에서 영국 생활을 처음 시작하게 되었다. 하지만 지내보니 본머스는 내가 생각했던 영국의 시골과는 사뭇 다른 분위기였다. 내 상상 속 영국 시골 마을의 풍경은 데이비드 호크니(David Hockney)의 그림에 나오는, 한적하지만 아름답고 영감을 주는 마을이었다. 그런데 본머스는 시골이라고 하기엔 너무 발전된 도시였고, 도시라고 하기엔 또 볼거리가 런던처럼 많지도 않은 곳이었다. 더욱이 코로나 팬데믹이 터지면서 유일하게 할 수 있는 일이라고는 산책밖에 없던 시간을 보내며 불행인지 다행인지 그 사실을 일찍 알아채고 만 것이다.

록다운 기간 초기 한 달 동안 본머스를 자세히 겪고 난 후에 나는 내가 뼛속 깊이 도시 여자라는 걸 깨닫고 급 런던행을 결심했다. 슈파는 여러 가지 고민 끝에 내 의견을 존중해 주었고 우리는 그렇게 본머스에서의 무료했던 8개월 생활을 접고 런던으로 이사를 감행했다.

이사 오는 과정은 책 한 권을 써도 모자랄 만큼 험난했다. 우선 시우의 전학 문제가 발목을 잡았다. 가뜩이나 일 처리가 느린 영국이 록다운 기간 중인 데다가 엎친 데 덮친 격으로 서머 텀까지 겹치면서 학교 관계자들과 연락이 닿지 않았다. 결국 스스로 알아볼 방도가 없어 영국 현지 유학원을 서치해 가며 학교를 알아볼 수밖에 없었다.

새 학년 시작은 9월 초인데 기다림 끝에 8월 중순에서야 학교 입학 허가가 떨어졌다. 게다가 우리는 그때까지 마음에 드는 집을 구하지 못해 결국 본머스의 스토리지(storage)에 짐을 넣고 달랑 트렁크 2개를 들고 런던의 에어비앤비로 우선 이사를 하게 되었다.

시우는 우리가 집을 구하는 한 달 반 동안 에어비앤비에 머물며 학교를 다녀야만 했다. 지금 생각하면 영국에 와서 제일 힘든 시기는 바로 그때였던 것 같다.

내가 유독 물건을 고를 때 까탈스러운 부분도 있었지만 우리가 갖고 있는 예산 안에서 런던에서 마음에 드는 집을 찾기란 하늘의 별 따기만큼 어려웠다. 40군데가 넘는 집을 봤다. 런던으로 이사 온 지 한 달이나 지났는데도 불구하고 집을 구하지 못하는 우리가 걱정되었는지 평소에 먼저 전화를 자주 하지 않는 친정엄마에게 전화가 왔다.

"빨리 마음에 드는 집을 구해야 할 텐데 박 서방이 고생스러워서 어쩌냐?"

"그러게 말이야, 엄마! 근데 진짜 집이 너무 없어! 런던에 왜 이렇게 우리가 살 집이 없는 거야?"

"아휴, 집이 없겠냐? 돈이 없겠지!!!"

엄마가 한숨을 내쉬며 말했다. 우문현답이었다.

영국에서 집을 구하려면 우선 아주 느긋하게 마음을 먹어야 한다. 한국에서처럼 빠른 일 처리를 기대하면 절대 안 된다. 집을 찾으려면 라이트무브(Rightmove)나 주플라(Zpoola) 같은 영국 부동산 사이트를 통해 렌털(rental)을 할 건지 살 건지(buy)를 클릭하고 검색에 들어간다. 내 예산과 원하는 위치에 나와 있는 알맞은 집을 선택하고 예약을 한 뒤 부동산과 가능한 날짜를 조율해 집을 직접 보는 날과 시간을 정해야 한다. 집을 본다고 바로 계약을 할 수 있는 것도 아니다. 마음에 드는 집이 있으면 에이전시에게 계약을 하고 싶다고 구두로나 레터 형식으로 전달을 해야 한다. 랜드로드(landlord, 임대주)는 여러 개의 오퍼를 받고 그중에서 마음에 드는 테넌트(tenant, 세입자)에게 오퍼를 수락해 준다. 우리는 마음에 드는 집을 발견하고 오퍼를 넣었지만 아이가 있어서 안 된다는 랜드로드의 답변을 받아 불쾌한 적도 있었다.

계약을 하게 되면 인스펙션(inspection, 점검) 과정이 있는데 이건 집주인 혹은 인스펙션 전문 회사가 집 상태를 점검하고 계약서대로 사용하고 있는지를 확인하는 과정이다. 보통 3~6개월 사이에 메일을 보내 날짜를 잡아 집을 방문한다.

디파짓(deposit, 보증금)도 걸어야 한다. 보통 한국은 퇴거하는 날 보증금을 돌려받지만 영국의 경우 바로 돌려받지 못한다. 퇴거하고 난 후 집주인이 인스펙션의 결과를 보고 보증금을 얼마나 돌려줄지 관련 회사에 요청을 하게 되는데 이때 여러 가지 꼬투리를 잡아 제대로 돌려주지 않는 일도 종종 있다.

우리 경우에도 본머스에 살던 집에서 시우가 붙박이 거울을 깨 교체를 해주고 나왔어야 했다. 거울 집에 알아보니 240파운드 정도면 된다고 했는데 런던 이사 날짜와 겹치는 바람에 부동산 에이전트에게 보증금에서 제하고 돌려 달라 메일을 보냈다. 그런데 보증금 1500파운드 중에 1000파운드를 제하고 돌려주겠다는 답변을 받았다. 호락호락하지 않은 슈파는 절대 그들의 제안을 받아들일 수 없었다. 그래서 납득할 수 없다는 메일을 보냈고 그 이후로도 두세 번의 메일이 더 오갔다. 결국 500파운드로 합의를 해 더 이상의 분쟁은 생기지 않았다.

내가 런던에 머무는 동안 더 이상의 이사가 없을 거라고 단언한 건 이런 복잡하고 긴 계약의 과정을 다시는 겪고 싶지 않기 때문이다. 적어도 내가 겪은 바로는 영국에서는 집주인이 철저한 갑이다.

런던에 사는 동안 더 이상의 이사는 절대 없을 것이다.

'제발 그랬으면.'

주말 산책은 코츠월드로!

SIU

어느 일요일이었다.

"시우야, 날씨도 좋은데 아빠랑 우리 코츠월드 갔다 올까?"

"엄마, 우리 거기 다섯 번이나 갔다 왔잖아. 또 가?"

"어!"

"엄마는 코츠월드가 왜 그렇게 좋아?"

"유유자적하잖아. 시골 풍경도 정말 아름답고. 엄마는 그 동네에 가면 힐링이 되는 기분이 들어서 좋더라."

우리는 그곳에 봄에도 가고 여름에도 가고 가을에도 가고 겨울에도 가봤다.

그중에서 봄, 여름에는 예쁜 꽃도 많이 피고 활기차다. 예쁘고 오래된 집들을 보는 것도 좋고 맛있는 스콘 가게랑 아이스크림 트럭

이 많아서 더욱 좋다. 그리고 동네마다 흐르는 시냇물에는 귀여운 오리 가족들이 많이 산다.

나는 그중에 버튼온더워터라는 동네가 제일 좋다. 이곳에 있는 큰 냇물은 날이 더워서 뜨거워진 생수통을 넣어두면 금세 시원해질 정도로 물이 차갑다. 시냇가 바로 앞에 베이커리 온 더 워터(Bakery on the Water)라는 스콘과 크림티 카페가 있는데 그 집 스콘이 내가 먹어본 것 중에 제일 맛있다.

코츠월드는 런던에 여행을 온 사람이라면 렌터카를 이용해야 올 수 있는 곳인데, 우리는 주말마다 산책하듯 편하게 다녀올 수 있으니 정말 복 받은 거라고 엄마가 말했다.

참, 그리고 아주 신기한 경험을 두 번이나 했다.

작년 여름, 코츠월드로 가는 길에 저 멀리서 노란 꽃밭이 보이는 거다. 멀리서는 꽃이 무척 작아 보였는데 가까이 가보니 그 일대가 온통 내 키만큼 큰 해바라기 밭이었다! 커다란 해바라기가 끝도 없이 펼쳐진 게 꼭 고흐의 해바라기 그림 같았다.

그리고 지난 주말에 코츠월드를 또 다녀왔는데 이번에는 멀리서 붉은 물결 같은 게 보였다. 우리는 차를 세운 뒤 가까이 걸어갔다. 이번에는 온통 포피(Poppy, 양귀비) 밭이었다.

나는 "엄마, 내가 히스토리 시간에 배웠는데 포피는 죽은 병사의 블러드(blood)가 흘러서 꽃으로 피어난 거래. 그래서 나는 이 꽃을 보면 아름답지만 슬퍼!"라고 말했다.

코츠월드로 가는 길에 두 번이나 서로 다른 꽃밭을 만난 게 신기했다.

영국에 와서 엄마랑 두 번이나 같이 본 〈노팅힐(Notting Hill)〉이라는 영화에서 휴 그랜튼 아저씨가 배우인 줄리아 로버츠(영화 속에서 엄청 유명한) 언니를 만나 밤에 데이트를 하는 비현실적인 상황에서 이런 대사를 했는데 나도 딱 그런 기분이었다.

"Surreal but Nice!"(현실감 없지만 멋져!)

모처럼 저녁이 생긴 삶

YM

런던에 살고 있어도 아이를 키우며 대학원을 다니는 남편과 나에겐 그림의 떡인 것들이 참 많다. 그중 하나를 꼽으라면 밤 문화를 거의 즐길 수 없다는 것. 하지만 예외의 시간은 반드시 찾아오는 법. 드디어 시우가 코로나19 이후 2년 만에 처음으로 3박 4일 수학여행을 떠나는 날이 찾아왔다.

우리는 오래간만에 찾아온 '저녁이 허락된 삶'을 즐길 수 있게 된 것에 감사하며 몇 주 전부터 어디서 무엇을 하고 놀까, 20대 불타오르는 청춘들인 양 신이 나서 이런저런 계획을 세웠다.

마침 서울서 받은 책 『LITERARY LONDON』을 읽던 중이었는데 찰스 디킨스 소설에 나오는 술집 순례 챕터를 보고 무릎을 '탁' 쳤다. 바로 미뤄뒀던 런던 펍 투어를 해보기로 했다.

오랜 전통을 가진 펍들이 도시 곳곳에 즐비한 이곳. 영국만큼 펍이 잘 어울리는 도시가 또 있을까.

윌리엄 셰익스피어, 찰스 디킨스, 버지니아 울프, 존 밀턴, 조지 오웰, 윌리엄 블레이크 등 헤아릴 수 없이 많은 유명한 작가들의 작품 속 배경이 되거나 실제로 그들이 모이던 장소의 술집을 따라가 보기로 정했다. 상상만으로도 이미 5백 년 전으로 걸어 들어간 듯 흥미로운 이야깃거리가 펼쳐지는 듯했다.

첫 번째 펍은 관광객에게도 이미 너무 유명한 'The Sherlock Holmes'.

독일은 테이블에 앉지만 런더너들은 기다란 바에 걸터앉거나 서서 마시는 펍 문화를 즐긴다. 우리도 쿨하게 서서 마시고 싶었지만 온종일 걷다가 저녁에야 도착해 나도 모르게 앉을 자리부터 두리번거리며 찾았다.

기다란 바에 앉자마자 나는 셜록 홈스 에일, 슈파는 런던 필스너를 주문했다. 종일 걸은 나머지 배가 고파서 펍에 오기 전 식당에서 일본 라멘을 사리까지 추가해 먹고 온 터라 주방 마감 시간인 것도 몰랐다. 그래서 다른 메뉴는 시키지도 못하고 맥주만 들이켰다. 우리는 여기 있지도 않은 시우 얘기를 대화의 8할로 채우면서 "아니, 얘는 수학여행을 갔는데 왜 우리랑 같이 있는 기분이 들지?"라며 마주 보고 웃었다.

둘째 날에 찾아간 펍은 코벤트 가든 근처 골목 안쪽에 위치한, 1772년에 문을 열었다는 'LAMB&FLAG'.

펍으로 걸어가는 동안 비가 조금씩 쏟아졌는데 그새 펍 앞에 커다란 어닝을 쳐놓았다. 퇴근 시간이라서 그런지 슈트에 타이를 맨 젊은 런더너들이 비를 피해 삼삼오오 맥주잔을 들고 서서 하루의 피로를 수다로 푸는 듯 보였다.

"이런 분위기 정말 좋다, 여보."

건물도 1638년에 지어진 거라고 하는데 대체 얼마나 오래된 건지! 역사적인 건물을 현재까지 잘 보존하면서 변화를 시도하는 문화와 전통이 그저 감탄스러울 뿐이다.

오기 전에 조사를 해보니 이 펍이 재밌는 게 19세기 초에 '피 양동이'라는 별명으로도 유명했는데 현상금이 걸린 맨주먹 복싱 대회가 열리는 곳이었다고 한다.

"여보, 오늘도 맨주먹 복싱 대회 있었으면 당신 당장 투입시키는 건데! 파운드는 다 내 건데. 아놔~"라며 슈파에게 농담을 던져 본다.

슈파와 내가 맥주 두 잔을 마시는 동안 변화무쌍한 런던 날씨답게 어느새 비는 그치고 다시 해가 얼굴을 내밀었다.

우리에게 주어진 자유 시간 마지막 날에 찾은 곳은 5백 년도 더 되었다는 'Ye Olde Mitre'라는 펍.

좁은 통로를 지나야만 찾을 수 있어 반대편 입구에서 몇 바퀴나 헤매야 했지만 위스키 물 주전자가 대롱대롱 매달려 있는 인테리어가 무척 인상적이었고 수제 돼지고기 파이는 너무나 감동적이었다.

3백 년, 많게는 5백 년은 족히 넘은 펍들을 구경하며 영국인들에게 펍은 일상에서 중요한 부분을 차지한다는 걸 알았다. 그들은 낮과 밤을 가리지 않고 안주 없이도 물처럼 맥주를 마신다. 하지만 단지 술을 마시기 위해서 펍을 찾는 것만은 아니다. 맥주를 마시며 스포츠, 문화, 예술을 함께 즐기고 공유하며 이야기를 나눈다.

이들에게 펍은 단순히 술집이나 유흥업소라기보다 생활 속 가까이 스며 있는 문화 공간인 셈이다. 우리나라로 치면 조선 시대의 주막 같은 런던의 펍들. 세월이 쌓여 아름다워진 이 공간들을 사랑하지 않을 수 있겠나.

내가 지금 여기서 런더너들과 맥주잔을 기울이며 함께 술을 마시고 있다니 좋구나, 좋아. 이들이 무슨 이야기를 나누면서 그렇게 깔깔깔, 호호호, 하하하 웃는지 너무 궁금해서 답답한 것 빼고는 말이다.

맥주를 다 마시고 계산을 하려고 'Bill'을 달랬는데 'Beer'를 갖다 주면 어쩌겠다는 건지. 내 발음이 문제니, 너희들 귀가 문제니? 환장할 노릇이다.

Christmas is coming

SIU

소호를 지나는 길에 엄마랑 리버티 백화점에 들렀다. 맨 꼭대기 층엔 벌써부터 크리스마스 데커레이션을 위한 아이템들이 가득했다.

올해 크리스마스엔 꼭 트리 장식을 하자고 엄마를 졸랐다. 엄마도 백화점에 온 김에 오너먼트 쇼핑을 하자며 'London'을 콘셉트로 정하면 어떠냐고 했다. 뭔가 집히는 대로 샀다간 예쁜 게 천지라 오버를 할 것 같다는 거다.

이층 버스, 공중전화 부스, 영국 국기, 패딩턴, 여왕님 얼굴, 근위병 등이 눈에 쏙쏙 들어왔다. 쇼핑을 하다 말고 산타클로스가 눈 속에서 춤을 추는 오르골이 예뻐서 태엽을 계속 감으며 음악을 듣고 서 있었다. 엄마는 내 마음을 눈치채고 바구니에 오르골도 담았다.

서울에 살 때는 매번 나무처럼 보이는 플라스틱 트리에 장식을 했는데 영국에서는 진짜 나무를 사기 때문에 우리는 집 근처 가든 센터에 출동했다.

엄마는 우리 집 거실 천장이 높으니까 내 키보다 더 큰 나무를 사고 싶어 했다. 아주아주 큰 트리를 거실 한복판에 세워두는 게 로망이라고 하면서. 그런데 아빠가 거실이 좁아 불편하다고 엄마를 말려서 내 키만 한, 적당한 사이즈를 골랐다. 커다란 생트리를 어떻게 차에 싣고 오나 궁금했는데 나무를 원통형 기계에 넣으니 그물망이 쏙 씌워지며 갖고 가기 쉽게 포장이 되었다. 마술 같았다.

크리스마스 시즌이 되면 런던은 화려한 조명 덕분에 더 로맨틱한 도시가 된다. 모든 게 반짝반짝 빛이 나서 시내로 밤 산책을 나가면 마치 동화 속에 들어가는 기분이 든다.

그중에서도 으뜸은 피카딜리 서커스에서 옥스퍼드 서커스로 이어지는 리젠트 스트리트(Regent Street)다. 이곳에 사용된 조명만 30만 개가 넘는다고 아빠가 알려줬다. 나는 특히 날개 달린 천사 조명을 좋아하는데 그 길 한복판에서 서서 사진을 찍으면 멋지게 나온다.

엄마는 내가 일곱 살 이후로 우리 집에 산타 할아버지가 더 이상 오지 않았다고 했다. 왜냐하면 여섯 살 때 우리 집으로 산타 할아버지가 왔었는데 나에게 선물을 주고 떠난 산타 할아버지를 본 후 엄마에게 이상하다는 표정을 지으며 "엄마, 방금 전에 산타 할아버지가 나한테 선물 주고 나갈 때 우리 아빠 신발 신고 나갔어!"라고 말했기 때문이라고. 그때 엄마는 산타 할아버지가 아빠였다는 걸 내게 들킬까 봐 조마조마했었다는데 나는 절대 기억이 안 난다.

산타 할아버지가 올해는 무슨 선물을 들고 나를 찾아오면 좋을지 위시 리스트를 얼른 정해야겠다. 그리고 아빠에게 정보를 흘려야만 한다.

페리로 도버 해협을 건너 파리로!

YM

이스터(Easter, 부활절)는 영국에서 크리스마스 다음으로 가장 큰 명절이다. 한국에서는 부활절이 공휴일도 아니고 종교 행사의 하나 정도지만 여기는 큰 명절인 만큼 연휴 기간도 3주로 꽤 길다.

유럽 여러 나라가 코로나19 방역 수칙을 완화하거나 아예 없애는 분위기여서 우리도 2년 반 만에 해외여행을 떠나보기로 마음먹었다. 모처럼 여행 계획을 세우니 설레는 마음이 가득했다.

어디를 갈까 행복한 고민을 하다 슈파가 우리의 신혼여행지였던 파리가 가깝고 좋을 거 같다며 의견을 주었고 마침 시우도 에펠탑이 너무 보고 싶다고 말해서 파리로 확정했다.

당연히 유로스타를 타고 갈 거라 예상했는데 모험 정신과 호기심이 넘치는 슈파는 페리로는 유럽 여행을 해본 적이 없으니 도전해보자고 했다. 그렇게 우리는 만장일치로 페리를 예약했고 드디어 내

일이면 떠나는 날.

늘 바람 잘 날 없는 우리에게 떠나기 전날 예기치 못한 사고가 발생했다. 슈파가 대학원을 자전거로 통학하는데, 하굣길에 자전거 접촉 사고가 난 것이다. 그 바람에 입 안쪽과 입술이 크게 찢어진 슈파는 피를 철철 흘리면서 혼자 사고 난 지역에서 제일 가까운 첼시 종합 병원을 찾아서 갔고 다행히 8시간 대기 후에 수술을 받을 수 있었다.

시우도 있고 와 봤자 할 수 있는 게 없으니 오지 말라는 슈파의 말에 집에서 마음 졸이며 기다렸는데 8시간 만에 수술실에 들어간다는 문자를 받으니 속이 터졌다. 오후 3시에 응급실에 도착했는데 결국 밤 12시가 넘어서야 수술을 받았다. 수술을 잘 마치고 우버 택시를 탔다는 문자를 받으니 그제야 안도의 한숨이 나오면서 당장 다음 날인 파리 여행은 취소를 해야겠다는 생각이 동시에 들었다.

옷이 피범벅이 돼서 돌아온 슈파의 입은 심하게 부어 어릴 적에 봤던 만화 영화 〈개구리 왕눈이〉에 등장하는 아로미의 아빠 '투투'처럼 두꺼워져 있었다. 왼쪽 가운뎃손가락은 부러졌는데 아주 작은 뼈가 깨져 떨어져 나갔다며 압박 붕대 같은 걸 감고 왔다. 서울 같았으면 깁스를 해주었을 텐데 압박 붕대라니! 또 한 번 영국의 의료 체계에 놀랐다.

"여보, 내일 파리 여행은 가지 말자. 취소하면 환불 받을 수 있어? 유로스타라면 모를까 손가락이 그래서 운전도 못 하잖아! 그리고 제일 중요한 건 여행 가도 맛있는 것도 못 먹고 자기가 너무 힘들 거 같아!"

"무슨 소리야. 나 너무 멀쩡한데! 운전은 오른손이 멀쩡하니 할 수 있어. 그리고 맛있는 거 못 먹는 건 아쉽지만 이참에 다이어트한다 생각하지 뭐~"

내가 다시 또 말려봐야 슈파는 가기로 마음을 먹은 상태라 우리는 강행군을 해보기로 했다.

페리를 타고 도버 해협을 건너는 일은 쉽지 않았다. 당일 아침 난데없이 4월인데 런던에 눈이 내렸다. 그렇다고 폭설도 아니었고 아주 살짝 흩뿌리는 정도였는데 도버까지 가는 여러 길을 막아놓아서 정체가 심각한 수준이었다. 이렇게 가다가는 배를 놓칠 게 뻔해 마음을 졸였다.

도버까지 집에서 차로 1시간 30분이면 가는데 거의 2시간 반이 넘어서야 도착했다. 아니나 다를까, 우리 배는 떠났고 불행 중 다행인지 그다음 배를 타게 해준다고 했다. 우여곡절 끝에 안전하게 승선한 우리, 그제야 도버항이 눈에 들어왔다. 하얀 절벽으로 둘러싸여 있어 풍광이 참 아름다웠다.

1시간 30분 만에 프랑스 칼레(Calais)에 도착해 다시 3시간을 운전한 끝에 드디어 파리 시내에 입성하니, 그제야 맘이 놓이며 설렘이 극대화하기 시작했다.

우리의 여행 스타일은 늘 큰 계획은 없고 각자 하고 싶은 소소한 몇 가지가 있을 뿐이다. 시우는 에펠탑을 낮에도 밤에도 보고 싶다고 말했고, 나는 옛 상업거래소 'Bourse de Commerce' 건물이 3년 동안 대대적인 리노베이션을 거쳐 드디어 베일을 벗었다기에 찜해두었으며, 미식가인 슈파는 파리에 가면 가보고 싶다던 레스토랑을 리스트업 했었다. 그 계획들 중 반은 물거품처럼 사라졌지만 뭐 날이 오늘만 있는 건 아니니…… 다음을 기약해 보기로 하고 그냥 '다시 오지 않을 오늘'을 또 즐기기로 했다.

낮에 보아도 밤에 보아도 언제나 에펠은 아름답다며 시우가 환하게 웃었고, 10년 만에 올라간 몽마르트르 언덕 위 카페도 여전해서 반가웠다.

무엇보다 신혼여행 이후 둘이던 우리가 셋이 되어 파리를 여행하니 모든 게 새로웠다.

☘ TIP ☘

페리를 타고 도버 해협을 건너서 프랑스의 칼레로 향하는 방법

페리를 이용해 유럽 대륙으로 들어가려는 여행자들은 도버에서 칼레(Calais)나 덩케르크(Dunkirk)를 들러야 한다. 도버에서 이용할 수 있는 페리 회사는 3곳(Irish Ferries, DFDS, P&O Ferries)이 있다. 각각 비용과 시간이 다르므로 스케줄에 맞춰 예약하면 된다. 물론 페리 티켓에는 시간이 나와 있지만 정시에 출발할 때도 있고 지연 출발할 때도 있다. 만약 시간이 늦었을 경우 페리를 놓쳤다고 걱정하지 않아도 된다. 마지막 배가 아니라면 무조건 다음 배를 탈 수 있기 때문이다.

우리는 자가용을 이용해 페리에 차를 싣고 갔지만 차가 없는 여행객들은 빅토리아 코치 스테이션(Victoria Coach Station)에서 승선권을 직접 예매하거나 온라인 예매한 뒤 버스를 타면 페리가 있는 항구까지 버스가 운행한다. 그리고 페리에 승선하면 도버 해협을 건널 수 있다.

페리는 도버에서 칼레까지 30분에서 1시간 간격으로 운항하고 시간은 75분 정도 소요된다. 요금은 기준 차량(일반 승용차 기준) 1대(4인 기준)당 약 125~350파운드이다.

꿈에 그리던 윔블던 경기를 보다

YM

윔블던에 살고 있다. 세계 4대 그랜드 슬램 테니스 대회가 열리는 그 윔블던이다. 버킷 리스트 중에 윔블던 경기를 보는 것도 있어 이곳으로 이사 온 후에 윔블던 경기가 열리는 날만을 손꼽아 기다렸다.

세계 대전 때만 멈추었던 윔블던 테니스 대회가 2020년 코로나19로 전격 취소가 되었다. 그리고 드디어 2021년 6월 28일! 그렇게 기다린 테니스 대회가 다시 열렸다. 티켓을 구해 보려고 사이트를 수시로 접속해 체크했지만 2년 만에 열리는 윔블던 티켓을 구하는 건 너무 어려운 일이었다. 게다가 작년에 예약해 놓고 보지 못한 사람들도 있어서 더욱 자리가 없었다.

윔블던 TV 중계에서 가장 많이 보이는 선수인 로저 페더러, 라파엘 나달, 노박 조코비치 등이 경기를 하는 센터코트는 아예 꿈도 못 꾸고 그라운드 패스 티켓이라도 구해 보려고 슈파는 하루에도 몇 번을 사이트에 접속해 티켓을 체크했다. 그라운드 패스 티켓은 올잉글랜드 테니스 클럽에 들어갈 수 있는 티켓인데 쇼 코트에(넘버 1, 2, 3 코트) 들어갈 수는 없지만 그라운드 패스만 구입해도 윔블던 챔피언십의 분위기를 맘껏 느낄 수 있기 때문에 괜찮았다. 단, 그라운드 패스는 당일에만 구입할 수 있어서 윔블던에 사는 사람이 아닌 이상 현실적으로 관람이 어렵다고 보면 된다.

우리는 윔블던 빌리지에 살고 있는데 이곳은 윔블던 챔피언십 기간이 되면 모든 숍이 테니스 관련 인테리어로 쇼윈도를 장식한다. 테니스 공이나 라켓으로 크리에이티브를 발휘해 장식을 하는데 그게 꽤 볼만하다. 시우를 데리고 동네 한 바퀴를 돌며 쇼윈도 앞에서 기념 촬영 하는 것도 잊지 않았다.

챔피언십이 시작하고 많은 날이 지났는데도 티켓을 구하지 못해 그냥 내년에 도전해 보기로 하고 TV로 봐야겠구나 단념하고 있던 찰나 슈파에게 반가운 메시지가 왔다. 그라운드 패스 티켓을 구했다는 것!

우리는 자가 키트로 코로나19 테스트를 한 뒤 음성인 결과지를 들고 경기장 앞 입구에 줄을 섰다. 티켓과 코로나19 검사 결과지를 확인하더니 팔에 입장 팔찌를 채워주었다. 들어가자마자 나는 윔블던 공식 후원사인 랄프로렌과 협업한 테니스 아이템을 쇼핑하기 위해 매장으로 한달음에 달려갔다. 런던으로 이사 와 다시 테니스를 배우기 시작한 시우를 위해 윔블던 라켓과 피케 티셔츠를 하나 샀고 테니스를 좋아하는 서울 친구들을 위해 작은 기념품도 몇 개 샀다.

슈파와 나는 맥주를 한 잔씩 사고 시우는 크림이 듬뿍 들어간 딸기 한 컵을 샀다. 우리는 대형 스크린 앞 잔디밭에 앉아 센터코트에서 하는 생중계를 보며 수다를 떨었다.

맥주잔을 부딪치며 우리끼리 수다를 너무 떠니까 시우가 직접 경기를 보러 작은 코트에 가자고 내 어깨를 툭 친다. 선수의 숨소리까지 들릴 정도로 가까운 자리에 앉아 정말 흥미진진하게 경기를 봤다. 이런 묘미 때문에 직관을 하는 게 아닐까.

또 유독 눈에 띄었던 건 선수들이 날려버린 공이 코트 밖으로 튀어 나가거나 다른 방향으로 굴러가면 재빠르게 주워 와 건네주고 다시 제자리로 잽싸게 돌아가는 볼키즈들이었다. 어찌나 그 모습이 절도 넘치는지 정말 멋있었다. 2주 동안 봉사하기 위해 대회 개막 6개월 전부터 매주 4일씩 훈련을 받는다니 대단하기도 하고 어떻게 하면 볼키즈로 선발되는지 갑자기 궁금해졌다.

그날은 경기 중 비가 자주 내리다 그치다를 반복했다. 그러면 잔디를 보호하기 위해 서너 차례 덮개로 그라운드를 덮었다 걷었다를 반복한다. 그 모습도 참 인상적이었다. 볼키즈의 리더 격인 청년의 큰 구령에 맞춰 일사불란하게 움직이는 모습이 경기만큼이나 장관이었다.

"시우야, 너도 다음에 볼키즈 도전해 봐?"

그 말이 떨어지기가 무섭게 흉내를 잘 내는 시우가 볼키즈 언니 오빠들이 그라운드에서 펼친 절도 있는 행동을 따라 해 한참을 깔깔거리며 집으로 걸어서 돌아왔다.

Need Tickets!
Wimbledon

노마드(Nomade) 인생

YM

우리의 목표와 바람은 시우를 만 18세에 독립시키는 것이다.

지금으로서는 시우가 나중에 대학을 갈지 안 갈지(선택 사항) 모르기 때문에 대학생 이후라고 말하기가 애매해 나이로 정해 놓았다.

일본 작가 기시미 이치로(Ichiro Kishimi)의 인터뷰 기사에서 읽은 적이 있는데 많은 부모가 육아의 목표는 자립이라는 것을 망각한다고 했다. 내가 '도와줄 것이 있는지' 물었을 때 아이가 '없다'고 대답하면 멈춰야 한다고 말했다. 아이와 끈적이는 관계 말고 시원한 관계를 유지하라고도 덧붙였다.

나는 그 인터뷰 기사를 읽은 이후로 헷갈리고 모호했던 육아에 대한 나의 가치관과 기준이 조금은 명확해졌다. 나 또한 양육의 궁극적 목표는 자녀의 건강한 독립이라고 생각하게 되었다. 슈파와 나는 그 목표와 바람을 위해 사랑과 인내로 노력하는 중이고.

그래서 우리의 목표와 바람대로 시우를 잘 독립시키고 나면 우리는 갖고 있는 집을 팔아 그 돈으로 캠핑카 한 대를 사서 여행을 다니자고 했다. 여행을 좋아하는 우리 부부는 아직도 여행에 대한 로망이 남아 있다.

시칠리아 여행 중 B&B에서 만난 노부부는 오토바이를 타고 시칠리아 섬을 여행 중이라고 말했다. 어찌나 그 모습이 자유롭고 멋져 보였는지, 나중에 우리도 꼭 저렇게 여행을 해보자고 이야기했다.

또 얼마 전에 본 영화 〈노마드랜드〉에서의 대사가 가슴에 오래도록 남았다.

"당신(노마드, 유목민)은 어디든 갈 수 있는 복 받은 사람이죠?"

"집이 없는 건 아냐, 거주지가 없는 거지."

어느 날 시우가 내게 전화를 걸어 "엄마 아빠, 지금은 어디에 있어?"라고 물어보면 "응 시우야, 우리 지금 터키 이스탄불이야. 내일은 카파도키아로 갈 거야."라고 말하는 상상을 해본다.

인생은 마라톤이 아니고 춤을 추는 것이라고 한다. 우리는 복 받은 사람들처럼 어디든 여행하며 춤을 추듯 자유롭게 살고 싶다. 우리가 스스로 정해 놓은 선과 굴레에서 벗어나 자유롭게 어디든 둥둥 떠다니며 말이다.

Mum and Daughter

나는야 애데렐라

YM

시우의 초등학교 1학년 때 학년 전체 운동회가 있는 날 아침이었다.

시우 학교는 우리가 살고 있던 아파트 단지를 통과하면 걸어서 5분 안에 후문에 도착하는 가까운 거리에 있었다. 나는 아침 일찍부터 촬영이 있는 날을 제외하곤 매일같이 시우의 손을 잡고 학교까지 같이 걸어갔다. 10분도 채 안 되는 짧은 시간이지만 내겐 정말 제일 귀한 아침 스케줄이었다. 하지만 내가 하는 일이 하교 시간에 맞춰 결코 일찍 끝나는 법이 없었기 때문에 시우 혼자서 하교했던 일들도 많았다.

운동회가 있는 날 아침, 시우는 아파트 담쟁이 넝쿨 담벼락에서 풀린 운동화 끈을 다시 고쳐 묶으며 말했다.

"엄마, 오늘 우리 학교 운동회 날인 거 알지?"

"당연히 알지!"

"엄마, 양심 있으면 이따가 운동회에 꼭 와!"

나는 양심이 있으면 운동회에 오라는 시우의 말에 어이가 없었다.

"시우야, 엄마한테 시간이 있으면 오라고 해야지. 양심이 아니고!"

"아니야. 양심이야!"

양심 있게 살려고 나름 노력하는 사람이라고 생각했는데 정작 자식에게는 그동안 양심이 없는 엄마였다니. 내가 일하는 엄마라는 걸 미안해한 적은 단 한 번도 없었지만 다시 한번 나 자신을 돌아보는 순간이었다.

어쩌면 내가 영국에 온 이유는 그런 '없던 양심'을 되찾기 위해서였는지도 모르겠다.

영국에서는 시우와 등하교를 같이한다. 우리는 그때 많은 이야기를 나누게 되었고 그러면서 서울과는 비교할 수 없을 만큼의 찐한 시간을 보내고 있다.

시우의 등하교에 맞춰 학교에 가면 교문 앞에서 다른 아이들의 등하굣길 모습을 마주하게 되는데 하나같이 엄마나 아빠의 손을 잡고 오고 간다. 처음에 나는 그 모습을 보고 '영국 엄마, 아빠들은 백수가 많나? 아니면 직업이 나처럼 프리랜서라서 출근 시간이 다들 자유로운 건가? 어떻게 이렇게 매번 같이 등하교를 할 수 있지?'라며 속으로 궁금한 게 참 많았더랬다.

나중에 알고 보니 영국 초등학교는 등하교 시 보호자 동반이 의무 사항이었다. 아무리 가까운 거리에 사는 아이라도 혼자 학교에 오거나 집에 가는 일이 결코 없다. 선생님들은 등교할 때 교문 앞에 나와 아이들을 한 명 한 명 웃는 얼굴로 직접 맞이하고 하교할 때는 보호자의 얼굴을 일일이 확인한 후에야 아이를 학교에서 내보낸다. 부모가 시간이 안 되면 보호자가 위임한 가디언(guardian)이 대신 아이를 데리고 가야 한다.

그래서 나는 약속이 있어 시내에 나갔다가도 시우의 하교 시간에 맞춰 운동화 한쪽이 벗겨져라 힘껏 내달린 적이 한두 번이 아니다. 여기서는 나도 애데렐라(?)의 삶을 철저히 지키며 살고 있다.

강아지를 데리고 나와 산책도 시킬 겸 같이 등하교하는 모습, 자전거를 타고 오거나 킥보드를 타고 신나게 등하교하는 모습, 엄마나 아빠가 모는 카고 자전거(cargo bike)를 안전하게 타고 매일매일 같이 등하교하는 이곳 아이들의 모습을 볼 때마다 흐뭇하고 한편으론 부럽기도 하다.

시우가 곧 세컨더리 스쿨(secondary school, 중등 학교)에 올라가면 혼자 등하교할 수 있는 나이가 되기 때문에 나의 라이딩 생활도 곧 막을 내린다.

이제 같이 학교에 갈 수 없다니…… 시원섭섭하다.

☘ TIP ☘

영국 정부는 각 지자체가 해당 지역 아동을 위해서 등하교 시 이용할 수 있는 안전한 도보 또는 자전거 경로에 대한 정보를 제공할 것을 의무화하고 있다.

또한 동네마다 학교들이 참 많은데 학교가 있는 곳들은 등하교 시간에 맞춰 대략 두 시간 정도씩 교통을 통제하는 법규가 있다. 운전자들은 그래서 표지판의 안내를 잘 살펴야 한다. 매일 차를 몰고 지나는 골목도 등하교 때 출입 제한 시간에 들어갔다가는 딱지를 끊어 집으로 법칙금이 날아오기 십상이다.

버킨 백과 작약 한 다발

SIU

엄마 생일이다. 그런데 아빠가 분위기 좋은 레스토랑도 예약하지 않고 엄마가 좋아하는 꽃다발도 준비하지 않아서 엄마 기분이 별로였다.

우리 아빠는 다 좋은데 여자의 마음을 너무 모른다.

나는 삐친 엄마를 기분 좋게 해줄 방법을 잘 알고 있었다. 그건 바로 내 그림을 선물하는 것!

"엄마, 생일 선물로 뭐 갖고 싶은 거 없어? 내가 그려 줄게."

"그럼 작약 그려 줘."

"아니, 그거 말고 영원한 거 뭐 없어?"

"시우야, 이 세상에 영원한 건 없는데……."

"그럼 엄마 한 2년 정도? 뭐 그렇게 가는 건 없어?"

"그럼 작약이랑 흠, 에르메스 버킨 백, 엄마 갖고 싶은데!"

"알겠어! 그럼 그거 두 개 그려 줄게. 근데 버킨 백이 뭐야?"

그렇게 나는 엄마 생일날에 영원히 시들지 않는 작약 한 다발과 에르메스 버킨 백을 선물했다.

엄마는 금세 방긋 웃으면서 기분이 좋아졌다.

"역시 딸이 최고군!"이라고도 말했다.

나도 엄마 때문에 덩달아 기분이 좋아졌다.

TIP

나는 '프로크리에이트(Procreate)'라는 유료 그림 앱을 주로 사용한다. 이 앱은 여러 가지 느낌으로 그릴 수 있는 텍스처가 많고 초보자도 쉽게 사용할 수 있다. 그리고 캔버스 크기도 정할 수 있고, 컬러 팔레트도 원하는 대로 선택할 수 있다.

가격도 진짜 싸다. 앱을 한 번 다운로드하는 데 12파운드다.

엄마, 나 모델 되고 싶어

SIU

어느 날 "엄마, 나 런던에서 키즈 모델 해보고 싶어."라고 말한 적이 있다.

다음 날에도 "엄마, 키즈 모델 에이전시에 메일 보내줄 수 있어?" 라고 물었다.

그럴 때마다 엄마는 여기가 서울도 아닌데 어느 키즈 모델 에이전시가 좋은 곳일 줄 알고 메일을 보내냐고 했다.

하지만 나는 매일 졸랐다. 내가 엄마를 계속 귀찮게 하면 엄마는 반드시 에이전시를 찾아 메일을 보내줄 거니까.

어느 날 엄마가 드디어 "우선 런던, 스페인, 파리에서 유명한 키즈 모델 에이전시를 찾아 세 곳에 메일을 보내놓았어, 시우야. 그런데 나머지는 너의 몫이야. 연락이 혹시 오더라도 오디션을 따로 볼 테니까 뽑히고 안 뽑히고는 너에게 달렸다는 소리야! 무슨 뜻인지 알지?"라고 했다.

런던에 있는 에이전시에서 내 사진이 마음에 든다고 추가 사진을 보내달라는 연락이 왔다. 엄마는 나를 해크니(Hackney)에 있는 스튜디오로 데리고 갔다.

그날 나는 패션 포토그래퍼 라마 언니를 처음 만났다. 그런데 엄마는 라마 언니와 내가 만난 적이 있다고 했다. 나는 기억이 하나도 나지 않는데 말이다. 알고 보니 내가 엄마 배 속에 있을 때 엄마가 패션 매거진 〈엘르〉 화보 촬영을 위해 덴마크 코펜하겐으로 출장을 갔던 적이 있는데, 그때 런던에서 라마 언니가 촬영을 왔다고 한다.

"에이~ 엄마, 그걸 내가 어떻게 기억해?"

엄마의 농담 덕분에 나는 처음 보는 언니 앞에서 떨지 않고 편하게 촬영을 잘할 수 있었다. 그날은 런던에서 제일 추운 날이었는데도 말이다.

모델이 되려면 어떻게 해야 하냐고 관심을 보이니까 그때마다 엄마가 정호연 언니 이야기를 해주셨다. 모델 일이 얼마나 인내심을 필요로 하는지, 연기는 얼마나 잘해야 하는지, 인성은 또 얼마나 좋아야 하는지. 백번 천번 말해서 귀에 딱지가 앉을 것 같다. 촬영장에서 엄마가 만났던 정호연 언니는 딱 그런 사람이었다고 말해 줬다.

'모델은 참 훌륭해야 할 수 있는 거구나. 아무나 할 수 있는 게 아니구나.' 생각했다. 엄마 말대로 모델은 멋지고 화려하지만 어려운 일인 게 확실하다.

정호연 언니가 몇 달 전에 런던에 영화 촬영을 온 김에 우리 집에 놀러 왔었다. 학교가 끝나고 집에 왔더니 언니가 우리 집 거실에 있었다. 언니를 처음 만났지만 이야기를 많이 들어서 그런지 낯설지 않았고 텔레비전에서 보는 것보다 훨씬 키가 커서 놀랐다. 얼굴은 똑같았다. 그런데 주근깨가 있는 줄 알았는데 없었다.

언니랑 같이 백야드(backyard)에서 아빠가 해주는 바비큐를 먹고 산책을 나갔다. 언니는 연예인이니까 만나면 기분이 좀 이상할 거 같았는데 왠지 모르겠지만 계속 만났던 사람처럼 편했다.

언니를 만난 그날 이후 더, 더 모델이 되고 싶어졌다.

Mardi
Mercredi
Mardi

61

스타일은 자기표현과 자신감이다

SIU

엄마가 버버리라는 영국 브랜드의 트렌치코트를 물려주었다.

엄마가 15년 전부터 입었던 트렌치코트라고 했다. 그때는 엄마가 옷을 몸에 꼭 맞게 입었는데 요즘엔 큰 사이즈 옷을 좋아하다 보니 옷이 너무 작게 느껴진다고 했다.

나는 엄마 옷을 입는 걸 좋아한다. 엄마랑 나는 취향이 참 잘 맞는다.

서울에 살 때 엄마는 매일 바쁜 사람이라서 나는 엄마보다는 아빠와 시간을 많이 보냈다. 아빠는 나에 대해 잘 알고 있지만 취향이 안 맞고 엄마는 나에 대해 잘 모르지만 취향이 맞다.

그게 참 신기하고 이상하다.

나는 옷 입는 걸 좋아한다. 학교가 끝나고 집에 오면 교복을 갈아 입은 뒤 간식을 먹는다. 1시간 30분 제한 시간 동안 동영상도 보고, 드럼도 치고, 그림도 그리면서 빈둥댄다. 옷장을 뒤져 여러 벌의 옷을 꺼내 스타일링을 해서 입고 엄마에게 보여주기도 한다. 외출을 할 때가 아니라도 옷 맞춰 입는 건 재미가 있다.

엄마는 내가 엄마 배 속에 있을 때부터 패션 촬영장에 같이 다녀서 보고 들은 게 있는 것 같다고 한다. 감각이 좋은 편이라고도 한다.

'정말 배 속에서부터 우린 텔레파시가 통했나?'

이제 엄마 옷도 같이 입고 신발도 같이 신는 사이가 되어서 정말 좋다. 왜냐하면 엄마한테는 예쁜 게 참 많기 때문이다.

자식이 뭐기에

YM

록다운 기간 중에 산책을 하며 길에 핀 꽃을 휴대폰으로 찍고 있었다. 그러다 시우에게 옆에 잠깐 서보라며 사진을 찍으니까 "엄마는 그냥 나를 볼 때보다 휴대폰을 통해서 나를 보는 시간이 더 많은 거 같아."라고 한다.

정곡을 찔려 깜짝 놀랐다. 시우는 자기가 뭘 찾으려고 유튜브 검색을 하거나 서울에 있는 베스트 프렌드랑 영상 통화하는 거 말고는 내 휴대폰을 잘 보지 않는다(현재 점점 빈도수가 높아지고 있지만). 아기 때부터 밥을 먹이거나 이동 중 차 안에서 휴대폰을 보여준 적이 없어서 그런 것 같다. 서울 살 땐 집에 TV도 없었으니까.

반면 나는 휴대폰의 노예다. 카톡이 오면 바로바로 답장을 해줘야 하는 급한 성격인 데다 인스타그램 중독이고 사진 찍는 걸 좋아하다 보니 언제 어디서든 목표물이 레이더에 잡히면 바로 휴대폰을 꺼내 든다. 영국에 와서 24시간 붙어 있으니 아이 눈에도 그런 엄마 모습이 유난히 더 거슬렸나 보다.

"엄마, 휴대폰 좀 그만 봐!"라고 단호하게 말했다.

기록을 좋아하는 엄마라서 그렇다고 얄팍한 변명을 해보았지만 앞으로는 시우가 볼 때만이라도 휴대폰을 조금 덜 보도록 노력해야겠다. 이래서 자식이 무섭다고 하는가 보다.

엄마의 시래기된장찌개

YM

아침부터 비가 부슬부슬 내렸다. 구름이 무겁게 내려앉은 스산한 런던의 아침이었다.

갑자기 엄마가 끓여 줬던 시래기된장찌개가 너무 생각났다. 엄마는 시래기된장찌개를 자주 해 줬다. 촬영이 늦게 끝나 저녁도 못 먹고 밤늦게 퇴근하는 날에는 옆 동에 사는 엄마네 집으로 향했다. 그러고는 엄마가 끓여놓은 시래기된장찌개에 뜨거운 밥 한 공기를 말아 김장 김치를 척척 얹어서 먹곤 했다. 그럴 땐 다른 반찬은 필요 없다.

오늘 갑자기 뜨끈하고 부드러운 그 시래기된장찌개가 먹고 싶었다. 언젠가 슈파에게 지나가는 말로 시래기된장찌개가 먹고 싶다고 말한 적이 있는데 다정한 슈파는 그 말을 기억하고 오늘 하굣길에 한인 마트에 들러 시래기를 사 왔다. 말린 걸 팔았던 모양이다. 그런데 저녁 준비를 하며 한참을 개수대 앞에 서서 시래기를 다듬던 슈파가 "와~ 이거 손이 너무 많이 가는데? 일일이 줄기 껍질을 다 벗겨야 되네."라고 말했다.

그 말을 들으니 이렇게 손 많이 가는 귀한 시래기된장찌개를 자주 해 줬던 엄마가 생각났다. 바로 영상 통화를 걸었다. 작은 휴대폰 화면 너머 어느새 더 늙어버린 엄마 얼굴이 나타나니까 울컥했다.

"엄마~ 내가 시래기된장찌개 먹고 싶다고 하니까 슈파가 한인마트에서 말린 시래기 사 온 거 있지? 그런데 이거 손이 너무 많이 가는 음식이었네? 줄기를 일일이 다 껍질 벗겨야 하잖아! 엄마는 귀찮지도 않았어? 이런 음식을 그렇게 자주 해 주고 말이야. 고마워 진짜~"라며 붉어진 눈시울을 감추며 엄마에게 말했다. 엄마는 무심하게 "아니, 너무 고마워하지 않아도 돼! 엄마는 껍질 벗겨진 시래기 사 왔어!" 한다.

감동은 온데간데없이 웃음만 나왔다. 잠시 떨어져 사니까 그리움은 쌓이지만 애정 표현이 서툰 나도 '사랑한다, 고맙다, 감사하다, 미안하다'라는 마음의 표현을 예전보다는 조금 더 하면서 살게 되는 것 같아 좋은 점도 있다.

"엄마, 그래도 고마워."

"알았어. 나도 고마워."

사람들이 내게 웃기다라는 말을 종종 하는데 생각해 보니 나는 우리 엄마를 닮아서 웃긴 거였다.

시칠리아에서 맞은 엄마 생일

SIU

나와 아빠의 방학이 딱 맞아 엄마는 급하게 여행을 가자고 했다.

엄마의 버킷 리스트에는 영국에 사는 동안 꼭 가고 싶은 나라 중 이탈리아의 남쪽 끝 섬 시칠리아(Sicily)가 있다고 했다. 그래서 이번 휴가 때는 무조건 시칠리아로 떠나자고 했다.

엄마 아빠는 영화 〈시네마 천국〉을 좋아하는데 여기 나온 도시가 시칠리아 체팔루(Cefalu)다. 체팔루는 미로처럼 이어진 골목골목에 예쁜 가게들이 많다. 걸어 다니면서 구경하기 좋다. 덥고 다리도 아플 때는 방콕에서 타봤던 툭툭이 같은 오토바이 택시를 타고 가이드 투어를 했다. 엄청 신났다.

시칠리아에서 우리 셋이 제일 좋아했던 도시는 타오르미나(Taormina)다. 엄마는 타오르미나가 마치 천국 같다고 말했다. 전생에 착한 일을 많이 한 사람이 다시 태어나면 이런 동네에 태어날 거 같다고도 했다. 그 동네에 사는 사람들 얼굴은 다 행복해 보였다.

저녁이 되니 평일인데도 마을이 온통 축제 분위기였다. 엄마는 더 걷고 싶어 했지만 나는 수영을 하고 싶어서 엄마를 졸라 호텔에 빨리 들어갔다.

아빠가 시칠리아에서 제일 아름다운 바다라며 데리고 간 곳은 카스텔라마레 델 골포(Castellammare del Golfo)였다. 여기에선 꼭 보트 투어를 해야 한다고 했다. 나는 배에 타자마자 런던에서 갖고 온 컵라면을 먹었다. 배 위에서 먹는 신라면은 정말 맛있었다.

나는 뱃머리에 앉아 있다가 수영하고 싶은 장소가 나타나면 아빠와 바다로 뛰어들었다. 처음에는 조금 무섭고 망설여졌지만 '에라 모르겠다'라는 마음을 먹고 뛰어내리니까 뭐라고 표현할 수 없을 정도로 기분이 짜릿했다.

물안경을 쓰고 바닷속을 들여다보고 소리를 질렀다. 파랗고 노랗고 무지갯빛의 물고기들이 바닷속에 가득했다. 바로 내 눈앞에서 왔다 갔다 하는 물고기들은 어항이나 수족관에서 보는 물고기와는 느낌이 달랐다. 조금 더 오래 보고 싶었는데 숨을 참기가 어려워서 다음에는 꼭 스노클링 장비를 챙기자고 다짐했다.

잠깐 들른 이솔라 벨라(Isola Bella) 비치에는 패들보드를 빌려주는 곳이 있었다. 나는 수학여행 때 마스터한 실력을 보여주고 싶어서 아빠를 졸라 패들보드를 탔다. 올라서자마자 노를 저어 앞으로 쭉쭉 나아갔는데 아빠는 중심을 잡지 못하고 계속 물속으로 자빠졌다. 그 모습이 너무 재미있었다. 나는 패들보드를 멋지게 타서 어깨에 으쓱 힘이 들어갔다.

시칠리아에서의 마지막 날은 엄마의 생일이었다. 솔직히 나는 기억하지 못했고 아빠가(사실 알고 보니 아빠도 까먹었다) 알려줘서 알았다. 아빠가 엄마에게는 비밀이라고 말하고 슈퍼에 가서 초 하나를 사서 저녁 때 생일 파티를 해주자고 했다. 아빠는 근처 레스토랑을 찾았다. 주문한 메뉴가 나오자 마트에서 산 초를 꽂고 생일 축하 노래를 큰 소리로 불러줬다. 옆에서 지켜보던 레스토랑의 직원 아저씨들이 엄마에게 와서 생일 축하한다고 손뼉을 같이 쳐주었다.

시칠리아는 이탈리아 지도 중 장화 신은 발로 차려고 만들어 놓은 삼각형의 공처럼 생겼다. 시칠리아에서 잊지 못할 휴가를 지내고 돌아와 시 한 편을 지어 보았다. 언젠가 다시 꼭 가고 싶다.

Sicily

When you play football

with a boots,

Please remember me,

as a Sicily.

I'm a ball.

I mean not really "A ball" though.

and please come and visit me,

If you remember me.

As beautiful as a heaven,

The best Paradise,

I'll call it "The Sicily".

DI
ANNUNZIATA

Residenza Alberghiera
dei Baroni

사랑과 전쟁

유난한 게 뭐 어때서

YM

젠장. 나는 유난스럽다.

학용품을 살 때도 언니랑 동생은 싸고 평범한 것을 사는데 나만 유독 예쁜 캐릭터(브랜드 거는 비쌈) 문구류만 고집해서 산다고 많이 혼났었고, 한 달에 한 번씩 멀쩡한 방을 싹 다 뒤집어 엎어 구조를 바꾸는 날에는 공부할 시간도 없는데 힘이 남아 도냐는 말을 들었다. 결혼해서 아파트 인테리어를 할 때도 작은방(보통 거실에 있는 오픈형 부엌이 너무 싫어서) 하나를 개조해 부엌으로 변경했더니 손님이 오시면 어디서 자냐며 멀쩡한 방 하나를 없앴다고 엄마에게 핀잔을 들었던 적도 있다. 잘나가는(?) 스타일리스트 일을 중단하고 영국으로 무작정, 무계획으로 3년살이를 하러 온 것도 다들 유난스럽다고 말했다.

그렇다. 나는 유난스럽다.

어릴 때부터 엄마에게 "딸 중에 네가 제일 유난스럽다."라는 말을 자주 들었다. 한숨을 내쉬면서 "왜 그렇게 유난을 떨어. 그냥 남들처럼 평범하게 좀 굴지!"라는 말씀을 종종 하셨기 때문에 그 소리가 참 듣기 싫었다.

하지만 네거티브하게만 생각했던 '유난하다'의 사전적 의미를 찾아보니 '언행이나 상태가 보통과 아주 다름. 또는 언행이 두드러지게 남과 달라 예측할 수 없는 데가 있음.'이라고 나와 있다.

그렇다고 내가 남들보다 튀거나 다르다고 생각해 본 적도 없다. 패션계에는 유난스러운 사람들이 나 말고도 너무 많아서 나는 유난한 축에도 못 끼었으니까.

하지만 슈파는 유독 보수적인 조직을 다니면서 그 안에서 자주 "너 참 독특하고 유난스럽다."라는 소리를 직장 선후배들 사이에서 제일 많이 들었다고 했다.

시우 역시 아기 때부터 '한유난' 했다. 친정엄마도 시어머니도 에너지 넘쳐나는 시우를 볼 때마다 "자기 어미 아비 닮아서 애도 참 유난스러워."라고 한목소리를 내셨다.

아무튼 긍정적이고 용감한 슈파를 만나 어릴 적 갖고 있던 유난함에 무데뽀(?) 정신을 하나 더 장착하게 돼서 그런지 나도 시우도 예전보다 더욱 용감해진 것 같다.

나는 이제 '유난스럽다'라는 이 말이 참 발랄해 보이고 듣기 좋다. 보통의 범주 안에서 벗어나면 "너 참 이상하다, 특이하다, 네가 틀렸다."라는 말을 듣던 과거와는 달리 지금은 유난한 게 "너 참 유니크해."라는 긍정적인 워드로 다가와서 그런 것 같다.

앞으로 남은 영국 생활도 틀에 갇히지 않고 자유롭게, 튀게, 하지만 다시 오지 않을 인생 휴가처럼 유난하게 살고 싶다.

"유난한 게 뭐 어때서!"

YAYOI
KUSAMA

육아에는 정답이 없다

YM

인스타그램 속의 시우는 항상 밝고 웃기고 에너지가 넘친다.

맞다, 시우는 그런 아이다.

하지만 누구에게나 이면이 있다는 걸 사람들은 알면서도 보이는 것만 보고 싶은 걸까.

어떻게 하면 시우처럼 밝고 건강하게 키울 수 있는지 물어보는 사람들이 꽤 많다. 그럴 때마다 나는 참 난감한데, 솔직히 내가 시우를 그렇게 키운 게 아니라 그건 아이의 타고난 기질 덕이 크다고 믿기 때문이다.

누구나 그렇듯이 시우에게도 좋은 면만 있는 게 아니다.

"인스타그램은 허상이다."

시우 역시 여느 또래 아이와 마찬가지로 물색없고 때론 예의가 없으며 자기밖에 모르는 한없는 철부지다.

까불까불 '캐발랄'하게 하교하는 시우 사진 밑에 어떤 '인친'님이 "이렇게 밝은 아이는 사춘기도 안 오겠어요?"라는 댓글을 달았기에 나는 "얘는 태어났을 때부터 지금까지 쭉 사춘기를 겪고 있는걸요."라는 댓글을 남겼다. 그만큼 예민하고 고집 센 시우 때문에 힘들었을 때가 많았다. 물론 지금도.

한번 울기 시작하면 몇 시간씩 분이 사그라들 때까지 울어대서 네 살 때 성대 결절이 왔을 정도였다. 오죽하면 애가 한번 울면 악을 쓰고 종일 우니까 이웃에서 "이 집은 분명 아동 학대를 하는 것 같다."며 경찰에 신고를 한 적도 있었다.

이런 별난 시우 때문에 슈파는 한때 각종 육아 서적을 탐독했다. 그러고는 더 바쁜 나를 위해 종종 중요한 부분에만 밑줄 친 책을 건네주었다.

"당신은 바쁘니까 내가 밑줄 친 부분만 읽어봐."라며 다 읽은 육아 서적을 나에게 툭 건네곤 했다. 그러면서 항상 했던 말이 "근데 이 책에도 우리 시우 케이스는 없는데?"였다.

우리는 그 뒤로 육아 서적을 읽지 않았다.

그렇다고 시우가 일반적이지 않다거나 아주 특별하다는 이야기도 아니다. 그냥 인간은 다 다르다는 것이다. 모두가 다른 것은 당연하다.

우리 부부는 시우의 유난함을 인정하기로 했다. 시우가 화가 나면 우리 보란 듯이 자기 얼굴을 손톱으로 자주 할퀴었을 때가 있었다. 그래서 심리 상담을 받은 후 심리 치료를 했던 적도 있다.

그때 만난 선생님은 문제가 엄마에게 있다고 했다. 정서적으로 엄마와의 애착 형성이 안 되어 있다는 게 포인트였고, 그렇기 때문에 엄마가 일을 좀 쉬고 아이와의 시간을 적극적으로 가져보라는 조언을 들었다. 나는 그 말을 듣자마자 기분이 언짢아 처음 만난 심리 상담 선생님께 인상을 찌푸리며 무식하게 화를 냈던 기억이 난다.

"그렇다면 이런 일에 봉착한 모든 엄마들이 다 일을 그만둬야 하나요?"

거듭 다시 쏘아붙이며 말을 이어갔다.

"애착 형성을 엄마가 아닌 외할머니랑 하면 큰일나나요?"

선생님은 그간 나 같은 엄마들을 얼마나 많이 만났는지 전혀 당황하는 기색도 없이 말씀하셨다.

"이 세상의 모든 아이들이 다 시우 같지는 않죠, 어머니. 계속 친정어머니에게 시우를 맡겨 키우실 게 아니라면 하루라도 빨리 애착 형성을 엄마와 가져야 하는 게 맞아요.”

그 말을 듣는 순간 이의를 제기할 수 없었다. 전적으로 수긍이 갔기 때문이다.

그렇다. 나는 시우와 애착 형성을 제대로 하지 못한 채 밤낮을 가리지 않고 일만 했다. 그때는 내가 패션 에디터에서 프리랜서 스타일리스트로 독립하면서 한창 일이 물밀 듯이 쏟아지던 시기였고 나는 일하는 즐거움에 빠져 거절하는 법을 몰랐다. 넘쳐나는 일에 이리 치이고 저리 치여서 진이 빠질 대로 빠져 집에 들어가면 아이와 놀아줄 에너지는 단 한 톨도 남아 있지 않았다.

나는 좌절했다. 내가 일 말고 한 거라고는 아이를 키우는 일이 전부였다고 생각했는데 아이와의 애착 형성이 전혀 보이지 않는다니 억울하고 답답했다. 내 주변에는 아이를 친정에 맡기고 주말에만 데리고 오는 엄마들, 일이 끝나고도 저녁 약속이 줄줄이 있어 술자리를 갖느라 늦게 귀가하는 엄마들이 꽤 많았고 나보다 일이 두 배, 세 배는 더 많은 바쁜 워커홀릭 엄마들이 수두룩했기 때문이다. 그런데 일 말고는 집밖에 모르는 내가 왜 이런 소리를 들어야 하는지

인정할 수가 없었다.

하지만 탓만 하며 낙담하기엔 시우가 벌써 다섯 살이었다. 이렇게 계속 살다가는 돌이킬 수 없는 시간들을 붙잡고 내내 후회만 할 것 같아 결단을 내렸다.

상담을 받은 뒤로 나는 주말 촬영과 야간 촬영을 모두 접었다. 좋아하는 일을 그만둘 수도, 직원들 때문에 잠시 중단할 수도 없는 상황이었기 때문에 내가 할 수 있는 한에서 스케줄을 최대한 조정한 것이다. 그러면서 그전보다는 시우와 함께하는 시간을 훨씬 많이 갖게 되었다.

아이를 키우는 데 제일 중요한 것이 부부의 육아관이 일치하는 것이다. 우리 부부의 육아관은 시우를 잘 독립시키는 것. 우리는 우리 방식대로 시우를 가르치고 키운다. 그 과정을 통해 엄마도 아빠도 처음인 우리 역시 시행착오를 거치면서 함께 성장한다. 편협하고 얄팍한 내 잣대로 단정 짓거나 먼저 묻기 전에는 주제넘게 육아 조언 따위는 하지 않는다.

보이는 게 다가 아니다.

결론은 하나, "나나 잘하자."

육아에 있어 시행착오는 어쩔 수 없는 일. 끊임없는 연습과 사랑이 필요하다.

원하는 대로 살아

YM

꼰대 엄마인 나는 시우에게 이런 말을 자주 했다.

"시우야, 호감형이라는 말 알지? 사람은 호감 가는 사람이 되어야 해."

"벼는 익을수록 고개를 숙인다는 말 들어봤지? 사람은 겸손해야 해."

"착한 사람이 되어야 해."

"사람은 말이야 눈치가 있어야 해. 아무 때나 너무 나대지 말고!"

그런데 영국에 살면서 자유분방하고 끼 하나로 똘똘 뭉치고 누구의 눈치도 안 보는, 자신감 넘치고 당당한 유럽 애들을 보고 만날 때마다 내가 그동안 시대에 뒤떨어지는, 말 같지도 않은 말들을 얼마나 시우에게 퍼부으며 살았나 싶어 반성하게 되었다.

앞으로는 눈치 보지 말고, 잘난 척도 실컷 하면서, 너 하고 싶은 거 마음껏 하면서 당당하게 살라고 말해 주고 싶다.

우리는 시우가 건강하고 행복하길 바랄 뿐이다. 그리고 어떤 인생이든 본인이 원하는 대로 살길. 그래서 어디든지 자유롭게 훨훨 날아다니며 살았으면 한다.

모든 사람의 호감을 살 필요는 없다고.

누구에게나 친절하고 정직한 사람이 되라고.

어디서든 너의 진짜 생각을 말할 수 있는 용감한 사람이 되라고.

그리고 제일 중요한 건 파울로 코엘료의 말처럼 너무 먼 미래에 연연해하지 말고 언제나 현재에 집중하라고. 그럴 수 있다면 너는 행복할 것이라고.

It's England

YM

오늘 하교 후 나를 만나자마자 건네는 시우의 말.

"엄마, 왜 영국 애들은 앞구르기를 못해? PE(Physical Education) 시간에 나 잘한다고 앞에 나가서 시범 보였어."

다음 주 하교 후.

"엄마, 오늘 체육 시간 끝나고 브레이크 시간에 애들이랑 팔씨름을 했는데 내가 우리 반 남자 애들 거의 다 이겼다."

"여기 애들도 팔씨름을 해?"

"아니, 내가 하자고 했어."

"팔씨름이 영어로 뭔데?"

"나도 모르지! 그냥 팔 들고 'William Come on~' 그랬어! 그랬더니 한 명씩 나한테 오더라고."

그다음 주 하교 후.

"엄마, 오늘 체육 시간에 축구를 했는데 우리 팀이 5 대 3으로 이겼어. 그중에 내가 두 골을 넣었는데 퍼펙트하게 넣었다고 미스터 고(Mr. Gore) 선생님이 엄청 환호성을 질렀어. 나 그래서 어깨가 완전 으쓱해졌잖아!"

어느 날에는 체육이 있는 날 아침부터 비가 죽죽 내리기에 '체육 좋아하는 우리 시우, 오늘 체육 못 해서 아쉽겠네.'라고 혼잣말을 했다.

하교 후 만난 시우에게 "시우야, 오늘 비 와서 필드(field) 못 갔겠네?" 그러니까 "엄마 무슨 소리야! 당연히 갔다 왔지. It's England!" 그러는 게 아닌가.

맞다.

비가 자주 와도 너무 자주 오는 나라,

웬만한 비에는 우산도 없이 쿨하게 비를 맞고 걷는 나라,

하루에 봄, 여름, 가을, 겨울 사계절이 있는 나라,

비가 와도 비를 맞으며 필드에서 축구를 하는 나라.

맞다. 여기 영국이지.

한국에 있을 때는 미세 먼지가 많아서 체육 수업을 거의 실내 체육실에서 했었다. 운동장에서 뛰어노는 날은 정말 손에 꼽을 정도였다. 그런데 여기서는 5일 수업 중 3번이나 체육복을 입고 학교에 간다. 하루는 숲에 가는 날이라 입고, 두 번의 체육 수업 중 한 번은 근처에 있는 필드로, 한 번은 학교 플레이그라운드(playground)에서 수업을 한다. 비가 억수같이 쏟아지는 날이 아니라면 야외 체육 수업이 취소되는 일은 없다. 체육 선생님은 비가 와도 아이들을 데리고 비를 맞으며 필드로 걸어간다.

체육 종목은 주로 크리켓, 축구, 하키, 넷볼 등을 하는데 하루가 멀다 하고 비가 내리기 때문에 필드는 항상 축축하게 젖어 있는 편이다. 그래서 체육이 있는 날엔 운동화에 진흙을 잔뜩 묻힌 채 만신창이가 되어 돌아온다.

나는 일주일에 한 번씩 시우의 더러워진 운동화를 빨아 백야드에

내놓는다. 이상하게 하나도 귀찮거나 힘들지 않다. 운동화를 빨고 있는 것 자체가 감사하다는 생각이 들기 때문이다.

서울에서는 시우의 운동화를 빨아준 기억이 없다. 특히나 더러워져서 빤 적은 한 번도 없었다. 운동화가 더러워질 정도로 밖에 나가서 논 기억이 별로 없기 때문이다.

"체력은 국력이다."라는 말은 전적으로 옳다. 아이들은 잔디밭에서 마당에서 운동장에서 마음껏 뛰어놀아야 마땅하다.

오늘도 시우는 필드에서 축구를 했다며 진흙이 잔뜩 묻은 운동화를 신은 채 차에 올라탔다. 운전을 하다가 백미러로 시우를 봤더니 어느새 고개를 푹 숙이고 잠이 들었다. 그 모습을 보니 행복한 미소가 멈추질 않는다.

'딸아, 너는 오늘도 열정을 불살랐구나! 그래 건강하게만 자라다오.'

행복한 사람이 되는 길

YM

영국으로 오기 몇 달 전에 우리는 각자 자기가 어깨에 짊어질 수 있을 만큼의 짐을 배낭에 넣어 인도로 여행을 떠났다.

위험한 치안 상태, 구걸하는 사람들, 막무가내로 코앞까지 물건을 들이미는 상인들 등 피하고 싶은 요소도 많지만, 반면에 컬러풀하고 강렬한 인도의 풍요로운 색채, 다채롭게 사는 사람들의 모습, 사막과 야자나무가 늘어선 바다, 무질서가 만든 꾸밈없는 풍경 등 축제의 땅 인도는 한번 빠지면 답도 없는 백만 가지 매력을 품은 나라이기 때문이다.

회사에 사표를 던지고 슈파와 인도로 배낭여행을 다녀온 적이 있는데 그때 인도의 매력에 푹 빠져 나중에 아이를 낳거든 꼭 셋이 다시 배낭여행을 오자고 약속했더랬다. 그래서 시우가 열 살이 되던 해에 그 약속을 지키기 위해 각자 배낭을 메고 인도로 떠났던 것.

시우는 도착한 첫날 오후에 뉴델리 한복판에 서서 "엄마, 왜 인도는 중간이 없어?"라며 오열했다. 이런 말은 여행 중간쯤에나 터져 나오는 말인데 이런 깊은 깨달음을 도착 하루 반나절 만에 내뱉다니 슈파와 나는 시우의 우는 모습을 옆에서 지켜보며 한참을 웃었다. 그 심정과 말 모두 백분 이해가 갔기 때문이다.

수많은 에피소드 중에 릭샤를 타고 가면서 생긴 일화가 기억에 오래 남았다.

그날도 우린 이동 중에 릭샤를 잡아 탔다. 길이 너무 막혀 정차를 했는데 그 틈을 타서 한 예닐곱 살 정도 되어 보이는 남자아이가 우리 릭샤 앞으로 다가오더니 도로 한복판에서 상모를 돌리고 앞구르기 뒤구르기를 막 하면서 춤을 짧게 춘 뒤 배고프다는 시늉을 하며 돈을 달라고 손을 내밀었다. 엄마로 보이는 여자는 갓난아이를 업고 몇 발자국 떨어진 뒤에서 무표정한 얼굴을 한 채 서 있었다.

나는 보기가 불편해 돈을 달라는 아이를 외면하면서 슈파의 허벅지를 계속 쿡쿡 찔렀다. 빨리 뭐라도 얼른 줘서 보내라는 손짓을 하며.

"자꾸 돈 주면 버릇 돼. 시우야, 네가 사탕 하나 줄래?"

슈파의 말에 민망해서 시우를 쳐다보니 시우는 두 손을 모으고 기도를 하고 있는 게 아닌가. 다행히 그 타이밍에 다시 릭샤가 출발했다. 나는 눈을 감고 기도했던 시우가 의아해 물었다.

"시우야, 아까 기도 왜 했어? 뭐라고 기도했어?"
"다음엔 땅에서 구르지 말고 비단 위에서 구르게 해달라고 빌었어."

그 말을 듣자마자 나는 속으로 '아니, 이왕이면 안 굴러도 잘 먹고 잘 살게 해달라고 빌지.'라고 생각했지만 목적지로 가는 내내 시우가 한 말을 되새길수록 그 마음이 너무 예뻐서 혼자 울컥하며 감사 기도를 드렸다.

몇 주 전에 시우는 윔블던 지역 소속 스카우트 대원이 되었다. 스카우트 활동 안내서를 보면 스카우트는 청소년의 육체, 정신, 영혼 발달을 지원하여 사회에 건설적인 역할을 할 수 있게 하는 것이 목적인 전 세계적인 청소년 운동 단체라고 나와 있다. 슈파와 내가 시우를 스카우트에 지원하게 한 이유이다. 드디어 첫날 저녁 모임에 다녀온 시우에게 무엇을 했냐고 물어봤다.

"부러진 팔에 붕대 감는 응급 조치랑 CPR 하는 법, 그런 거 배웠어. 그리고 게임도 했는데 바스켓에 릴레이로 물을 채워서 안에 있는 오리 인형을 물 위로 뜨게 만드는 건데 우리 팀이 이겼어. 근데 재미는 딱히 없었어."

"그랬구나. 그래도 남을 도와줄 수 있는 방법을 배우고 온 거니까 좋은 시간이었네. 시우야, 근데 누가 그러는데 행복해지려면 마음으로, 행동으로 남을 도와줘 보래. 그럼 진짜 바로 행복해진대. 너 옛날에 인도 여행 갔을 때 기억나? 그때 네가 그 남자아이가 다음에는 비단 위에서 구르게 해달라고 기도했었잖아. 그게 마음으로 그 아이를 도와줬던 거야."

"근데 엄마, 유니폼은 언제 사? 애들이 나 빼고 다 유니폼을 입고 왔던데 엄청 예쁘더라."

참나. 내 말은 듣는 둥 마는 둥 하면서 왜 꼭 스카우트를 해야 하냐고 내내 시니컬해하더니, 유니폼에 반했나 보다. 너 내 딸 맞구나.

"그치, 그치. 엄마는 제복 입은 사람이 그렇게 멋지더라, 시우야."

직업의 변천사

YM

나는 10년이 훌쩍 넘도록 패션 잡지사 에디터였다.

대학교 4학년 무렵 동아일보사에서 객원 에디터를 뽑는다는 공고를 우연히 보게 되었다. 주제는 지금 정확히 기억이 나지 않지만 왜 에디터가 되고 싶은지에 대한 것 등등 어떤 주제로 글을 써서 제출하는 형식이었던 거 같다. 학창 시절 몇 번의 글짓기 대회 수상 경력만 믿고 그때까지 내가 글 좀 쓴다고(입사를 해보니 착각도 자유였을 만큼 날고 기는 에디터들 천지였다) 자부했던 터라 당당히 지원을 했다. 운 좋게도 동아일보사에서 나오는 틴에이저 매거진 〈레츠〉의 객원 에디터가 되었다.

대학생 신분으로 신문사의 콧대 높은 사진기자 선배님들과 명동으로, 압구정으로, 신촌으로 취재를 나갔다. 내가 맡은 기사는 주로 대학교 근처의 맛집이나 패션 숍을 취재하거나 길거리 패션 멋쟁이들을 찍고 그들이 입고 있는 옷의 브랜드나 구입처 등등을 조사하고 그걸 토대로 기사를 작성해 사진과 넘기는 작은 1페이지 내지는 반페이지짜리 꼭지였다. 그런 낯선 경험들은 그 당시 아무것도 모르는 애송이 대학생 에디터에겐 분에 넘치게 값진 시간들이 되었고 지금의 나를 만들어준 밑거름이 되었다.

그렇게 이 바닥(?)에 발을 들이게 된 나는 졸업과 동시에 정식 에디터가 되었고 〈하퍼스바자〉에서 스타일 디렉터를 끝으로 패션 에디터의 삶을 정리하게 된다. 힘들거나 재미없어서가 아니라 그 당시 갑상샘암에 걸렸었고 임파선을 다 제거한 수술을 하다 보니 예전 같지 않은 체력도 문제였고 수술 후 방사선 치료가 불가피한 상황이라 임신을 서둘러야 했기 때문이었다. 그렇게 어느 해 봄에 사표를 냈고 그해 겨울 한 번 유산의 아픔을 겪고 난 후 소중한 시우가 우리에게 찾아왔다.

시우를 낳고 산후 조리를 3개월도 못한 채 촬영을 하러 나갔다. 오랜 시간 패션 에디터로 경력을 쌓아왔고 나름 이쪽에선 일 잘한다는 이야기도 듣고 해서 프리랜서로 일하는 건 어렵지 않았다. 오히려 취재하고 글을 쓰는 일보다 스타일링에만 집중할 수 있는 스타일리스트가 적성에 훨씬 잘 맞았다.

스타일리스트는 에디터보다 일하는 범위가 다양해서 재미있었다. 패션 에디터는 주로 시즌 트렌드를 주제로 패션 화보를 찍거나 피처팀에서 섭외한 연예인 인터뷰가 잡히면 스타일링을 담당하는 일을 했다.

스타일리스트의 일은 드라마, 패션 광고, TV CF 등 범주가 넓었다. 그 당시 톡톡 튀는 아이돌 에프엑스의 휴대폰 광고 스타일링도 했고 드라마 〈패션왕〉에서 이제훈의 스타일링을 담당하기도 했다. 런던으로 오기 전에는 주말 드라마 〈하나뿐인 내편〉에서 배우 유이의 스타일링을, 김원석 감독님의 〈나의 아저씨〉에서는 배우 이지아의 스타일링을 맡았었다.

〈엘르 브라이드〉의 크리에이티브 디렉터를 맡고 있을 때의 일이다. 편집 마감과 주말이 겹쳐 할 수 없이 시우를 데리고 마감 중인 편집부 사무실에 갔다. 시우가 여덟 살 때였던 것 같다. 내가 바쁘게 교정지를 보는 동안 시우가 A4 용지에 작게 그려놓은 여우 그림을 발견했다. 눈을 위로 치켜뜨고 있는 여우의 모습이 귀엽고 사랑스러워서 왜 여우가 눈을 치켜뜨고 있냐고 물으니 호기심이 몹시 많은 여우여서 그런다고 설명해 주었다. 그러더니 여우의 이름은 졸리(Jolly)라고 덧붙였다.

나는 그 여우 그림을 보자마자 그림을 프린트해서 옷을 만들면 정말 사랑스러울 거라는 생각이 들었고 곧바로 실행에 옮겼다. 여우 그림을 프린트한 패브릭을 생산해 그걸로 키즈 내복이랑 파자마를 만들었던 것. 그렇게 해서 엄마와 딸이 함께 만드는 패션 앤 라이프스타일 브랜드 시우시우(SIUSIU)가 탄생하게 되었다.

패션 에디터에서 프리랜서 스타일리스트로 그리고 브랜드 대표를 거치면서 가보지 않았던 길에 대한 두려움도 컸지만 막상 또 부딪혀 보니 잃은 것보다 얻은 게 훨씬 많았다는 생각이다. 물론 금전적으로는 손해를 많이 봤지만 생각했던 것들을 행동으로 옮기니 삶의 변화가 찾아왔고 그 변화 속에서 많은 경험을 하지 않았나. 그걸로 충분하다.

나의 넥스트 비전은 뭘까? 나는 또 어떤 직업을 갖게 되고 어떤 타이틀을 갖고 살아갈지 궁금하다. 영국살이를 하는 동안 내 의지와는 상관없는 에피소드들이 쌓이면서 책을 써보고 싶다는 생각을 했는데 그 일도 지금 하고 있고, 누구나 한 번쯤 꿈꾸는 카페 사장님도 좋겠다.

꿈이 있는 사람은 어떤 환경에서도 반짝반짝 빛이 난다고 하지 않던가. 나는 오늘도 꿈을 꾸며 산다.

"당신들도 꿈꾸는 걸 잊지 마시길."

옷 입는 재미는 포기 못 해

YM

영국에서 유일한 내 취미는 전시를 보러 다니는 것 외에 도버스트릿 마켓 맨 꼭대기층 카페에 앉아 옷 잘 입은 런던 사람들을 구경하는 거다. 그곳에 가면 스트리트보다 훨씬 감도 있게 스타일링한 패션 피플을 감상할 수 있다. 카메라에 담고 싶은 모습들이 많지만 꾹 참고 커피를 홀짝거리며 자연스럽게 그들의 움직임을 따라 시선을 옮기며 패션 센스를 배운다.

올 블랙의 슈트에 높은 중절모를 쓰고 레드 삭스를 신은 중년 아저씨, 볼륨감이 풍성한 플라워 롱 원피스에 사랑스럽게 메리제인 슈즈를 신은 머리 희끗한 할머니, 그레이 슈트에 핑크 넥타이를 연출한 청년, 찢어진 피시넷 스타킹에 레드와 블랙이 섞인 체크 스커트를 입고 라이더 재킷을 걸친 소녀 등 찾는 연령층도 엄청 다양하다.

런던살이에서는 차려입고 어디에 갈 스케줄이 많지 않지만 누구와 약속이 있건 없건 옷을 예쁘게 입으면 기분이 좋아진다.

스타일은 나를 표현하는 수단이다.

어렸을 때부터 나는 잠들기 전에 항상 내일 입을 옷을 미리 스타일링해 두고 잤다. 내가 전날 맞춰 놓은 의상을 아침에 언니나 동생이 입고 나가는 날에는 큰 싸움이 벌어지기도 했으니까 그만큼 내겐 하루를 시작하는 중요한 의식 같은 거였다.

시우도 나를 닮아 옷 입는 재미를 벌써부터 잘 안다. 신기한 게 가르쳐준 적도 없는데 스타일링을 참 잘한다. 주말에는 셋이 나가는 스케줄이 많기 때문에 어떤 날에는 의식적으로 옷을 맞춰 입는 날도 있다. 주로 각자 입고 싶은 스타일대로 입거나 의견을 물었을 때 "그거보다 저게 낫겠어. 이것보다 저건 어때? 컬러를 좀 맞추면 좋을 거 같은데."라는 식으로 조언을 해주는 정도다. 각자의 스타일도 너무 다르고 해서 관여는 크게 하지 않는다.

패션 아이콘들이 하나같이 강조하는 말을 살펴보면 스타일은 별 게 아니다. 한마디로 자기표현이고 자신감이다. 뭘 입어도 겉으로

드러나는 자신만만함, 당당함이 있다면 스타일이 있어 보인다. 그런 면에서 우리 가족도 캐릭터가 강하기 때문에 '스타일이 있는' 사람들임엔 분명하다.

얼마 전 패션쇼에 초대받아 현장 사진을 피드에 올린 적이 있는데 어느 인친의 댓글이 기억에 남는다.

"패션쇼에 갈 때는 평소보다 더 의상에 신경을 쓰는 편인가요?" 라고.

그래서 나는 "너무 그렇죠. 초대를 해준 사람에 대한 예의이기도 하고 또 그런 곳에 가면 평소보다 멋쟁이들이 더 많을 테니 저도 덩달아 한껏 멋을 부리게 돼요. 아무래도 거울을 다시 보게 되죠."라고 답글을 달았다.

옷을 입는다는 건 누가 잘 입었다, 못 입었다의 문제가 아니다. TPO에 맞게 자신의 취향이 드러나야 한다. 그걸 통해 매력을 발산하느냐 마느냐의 문제다.

TIP

패션 아이콘들의 스타일에 관한 어드바이스가 몇 개 생각나 적어보았다.

코코 샤넬 “내가 곧 스타일이다. 패션은 지나가도 스타일은 남는다.”

미우치아 프라다 “패션은 자기표현이자 선택이다.”

크리스찬 디올 “패션은 느낌이다. 이유가 있어선 안 된다.”

케이트 모스 “외출하기 전 거울을 볼 때 무언가 하나를 빼라.”

폴 스미스 “패션은 스스로에 대한 자신감이다.”

비비안 웨스트우드 “아트든 패션이든 중요한 것은 오리지널리티가 있어야 한다. 케이트 모스와 똑같이 입는다고 그녀가 될 순 없다. 자신을 돌아보고 무엇이 어울리는지 알아야 한다.”

피비 필로 “아름답게 보이는 것과 지저분하게 보이는 것은 백지 한 장 차이다.”

칼 라거펠트 “뭔가 완성하려고 애쓴 듯한 것은 멋이 없다. 설사 실제로는 편하지 않더라도 편해 보여야 한다.”

입생 로랑 “패션은 사라지지만 스타일은 영원하다.”

지아니 베르사체 “트렌드를 좇지 마라. 패션이 너를 소유하게 두지 마라. 무엇이 될지 스스로 결정하라.”

엠마 왓슨 “완벽하게 보이는 것은 재미없다. 그렇게 하는 것엔 의미가 없다. 당신이 입는 옷이 자신에 대해 말하게 하라. 당신이 누군인지에 대해서 말이다.”

재클린 케네디 “진주는 어떤 상황에서나 어울린다.”

44
V&A

미치도록 일만 하다가 미치도록 놀고 있는 여자

YM

서울에서는 말 그대로 미치도록 일만 했다. 패션 에디터 때는 야근을 밥 먹듯이 했으며 하루가 멀다 하고 해외 출장을 떠났다. 프리랜서 스타일리스트가 된 이후로는 일이 더 많아졌다.

당대의 내로라하는 배우들의 광고 촬영을 거의 도맡아 할 정도였다. 소지섭, 신민아, 타이거JK, 정우성의 지오다노 광고 촬영 스타일링을 맡았고, 정해인과 설현이 모델인 마인드브릿지의 패션 광고 스타일링도 오래 했다. 코오롱스포츠의 룩북 촬영, 기성용, 박찬호, 추신수, 박지성 같은 스포츠 스타들의 광고 촬영 때도 일순위 섭외 스타일리스트였다. 〈도전! 슈퍼모델〉의 여러 시즌에 메인 스타일리스트로 참여하며 비주얼 디렉팅을 하기도 했고 도전자들의 미션 화보 스타일링을 담당했었다.

패션 매거진에서 컨트리뷰팅 에디터로 일할 때는 2개의 커버와 2

개의 메인 화보 촬영을 위해 두 달에 한 번꼴로 트렁크 4개 가득 촬영할 의상을 싣고 어시스턴트와 뉴욕을 3박 4일 일정으로 다녔을 때도 있었다. 하고 싶은 촬영이 들어와도 빼곡히 찬 스케줄 때문에 거절을 했을 정도로 오전에는 광고 촬영을 했고 오후에는 〈바자〉, 〈보그〉, 〈엘르〉, 〈싱글즈〉, 〈코스모폴리탄〉, 〈데이즈드 컴퓨즈드〉 등 패션 매거진의 화보 촬영을 하느라 밤낮없이 일만 했다. 그럼에도 불구하고 촬영장은 늘 나에게 놀이터 같았다.

그때는 일하는 즐거움에 빠져 거절하는 법을 잘 몰랐고 그 때문에 하루 24시간이 모자랄 만큼 일에 치여 바쁘게 살았었다. 오늘 촬영을 하나 끝내고 사무실로 컴백하면 어시스턴트들이 내일 촬영할 의상을 행어 가득 걸어 놓고 내 컨펌을 기다리고 있었으니까.

그땐 당연히 시우랑도 많이 놀아주지 못했다. 유치원에 가기 싫다고 우는 날엔 차에 태워 사무실로 같이 출근을 했고, 너무 늦게 끝날 거 같은 날엔 하교 시간에 맞춰 시우를 픽업해 다시 사무실로 컴백해 치킨 한 마리 시켜 주고 야근을 함께 했고, 주말 촬영이 있는 날엔 클라이언트의 배려로 시우도 같이 현장에 데리고 가서 촬영을 했던 기억도 있다.

그렇게 시우를 여기저기 데리고 다닐 만큼 바쁜 스케줄에 치여 일만 하던 내 삶은 완전히 달라졌다. 코로나19 때문에 런던에서는 가뭄에 콩 나듯 촬영을 하고 있고 일이 없는 대부분의 날에는 전시나 보러 다니면서 육아와 살림을 한다. 가끔씩 '나는 도대체 영국까지 와서 뭘 하고 있는 거야?'라는 불안한 마음이 불쑥불쑥 올라온다.

살면서 폭풍우도 세게 맞아봤고 갑자기 내리는 소나기도 흠뻑 맞아본 적이 많은데 그럴 때는 그냥 서서 온전히 비를 맞거나 기다리거나 하면 언제 그랬냐는 듯 해가 쨍하니 나타났다. 그 아픈 경험을 통해 앞으로 나아갈 수 있었다. 하지만 현재 나는 뿌연 안개 속에 오래도록 서 있는 기분이다. 너무 뿌예서 한 치 앞도 보이지 않고 뒤로도 앞으로도 움직일 수 없는 답답함의 연속이랄까. '김윤미'는 온데간데없이 '시우 엄마'만 남아서 자존감이 바닥을 치는 날이 하루 이틀이 아니다.

그런데 참 웃긴 게 사람들은 이런 내가 부럽다고 말한다. 미치도록 놀고 있는 게 부러운 걸까, 아니면 용기가 많아 무작정 떠나온 것을 부러워하는 걸까.

어찌 보면 서울과는 정반대로 게으른 삶을 살고 있는데 그게 영

적응이 안 될 때도 있었다. 서울에서는 적어도 하루에 스케줄이 6, 7건은 되어 초치기로 사람을 만나고 헤어지고 일을 쳐내고 그랬는데 여기선 고작 2개의 스케줄도 빠듯하다. 무료할 때도 많지만 반대로 생각하면 온전히 그 시간에 집중할 수 있다는 건 좋은 점인 거 같기도 하다.

아직도 적응하는 단계지만 혼란스러울 때마다 끊임없이 산책을 한다. 영국에 있는 동안 시우와 더 신나게 놀러 다닐 것이다. 매일 책을 읽다 잠들 것이다. 팽팽 놀면서 내가 정말로 하고 싶은 일이 뭔지 찾고 싶다.

이제 걱정은 그만하고 지금을 즐기고 싶어.

다시 일상으로 돌아가야 하니까요

YM

코로나 팬데믹으로 많은 업계가 고충을 겪었다. 패션계도 예외는 아니었다.

유럽과 미국의 수많은 패션 브랜드는 오프라인 매장을 폐쇄했고, 4대 패션 도시의 컬렉션은 전면 취소됐다. 영민한 브랜드들은 자체적으로 디지털 영상을 활용한 패션 필름, 라이브 스트리밍 등을 시도하며 비대면 패션쇼로 브랜드의 지속 가능함을 제시하고 이어 나갔지만 그마저도 여력이 없는 브랜드들은 컬렉션 자체를 포기하기도 했다.

그런데 2년여 만에, 멈춰 있던 런던에 다시 오프라인 패션쇼가 재개되었다. 패션 축제가 다시 시작된 것이다. 오랜만에 열린 오프라인 쇼에 디자이너뿐만 아니라 많은 패션 피플은 감격했다. 나 역시 좋았다.

나도 한국 스타일리스트 자격으로 런던 패션 위크 COS 쇼에 시우랑 초대를 받았다.

패션 위크에 가는 건 내겐 새삼스러운 일이 아니다. 10년이 넘는 패션 에디터 기간 동안 4대 패션 도시를 종횡무진하며 패션쇼를 취재하고 가까이서 보았고 즐겼고 누렸으니까.

그런데 팬데믹 이후 열리는 오프라인 쇼를, 그것도 런던에서 딸과 함께 볼 수 있다니 흥분이 쉽게 가라앉지 않았다. 패션쇼에는 COS 한국 PR팀이 초대해 주었고 쇼 당일 입고 갈 옷까지 선물 받았다.

몰랐는데 COS의 이번 F/W 컬렉션이 브랜드 론칭 이래 최초로 런던 패션 위크에서 공개되는 거라니 더욱 특별했다. 쇼장 앞에 도착하니 여기저기서 카메라 셔터가 팡팡 터졌다. 시우는 이런 풍경이 낯설고 신기한지 두리번거리며 한참을 살폈다.

쇼가 시작되고 모델들이 힘차게 캣워킹을 시작했다. 클래식한 공간과 어우러져 음악까지 하모니를 이룬 완벽한 무대였다. 패션쇼 현장에서만 느낄 수 있는 희열을 오랜만에 온몸으로 느꼈다.

인스타그램을 보면 시우와 함께 전시만 미친 듯이 다니는 것 같지만 틈만 나면 옷을 보러 다닌다. 서울로 돌아가면 다시 일상으로 복귀해야 하니까. 매 시즌 컬렉션도 꼭 챙겨 보고 오프라인 매장을 쓱 돌며 감도 있는 디스플레이는 어떤 브랜드인지도 체크한다.

이제 팬데믹에서 엔데믹의 시기가 왔으니 처음 계획대로 런던에서 유럽을 오가며 자유롭게 촬영할 날이 오지 않을까 기대해 본다.

드디어 본캐를 되찾다

YM

그동안 하지 못한, 전업 주부가 된 지 2년여 만에 부캐를 벗고 오래간만에 스타일 디렉터로 본캐를 되찾았다. 긴긴 코로나19를 뚫고 서울서 룩북 촬영 의뢰가 들어온 것이다. 평소에도 좋아하는 패션 브랜드였기 때문에 재고 따지지도 않고 단번에 오케이를 했다.

여전히 해외 촬영은 쉽지 않은 상황이라 광고주나 스태프들이 런던으로 올 수 없었기 때문에 불가피하게 광고주가 직접 맞춘 착장 의상만 DHL로 받았다.

서울이었다면 촬영이 잡힌 몇 주 전에 나의 에이전트와 함께 본사를 방문해 행어 가득 걸려 있는 시즌 의상 중에 룩북으로 촬영하면 좋을 아이템을 착착 뽑아낸 후 착장을 맞추는 작업을 거친다. 누구나 입고 싶고, 사고 싶은 '아웃 핏'을 만들어내는 것이 패션 스타일리스트가 해야 하는 가장 중요한 일이기 때문이다.

이번에 맡은 룩북 촬영은 런던 스트리트 특유의 자유로운 분위기가 묻어나는 곳에서의 로케이션 촬영이었는데 스타일링과 진행을 동시에 맡은 일이다 보니 스타일링만 할 때보다 해야 할 일이 서너 배는 많았다.

우선 사진의 전체적인 톤앤매너, 로케이션, 모델의 헤어와 메이크업 콘셉트는 어떻게 잡을지 정리해 PPT를 만들어 클라이언트와 공유하고 이 모든 걸 만족시켜 줄 만한 현지 포토그래퍼를 섭외했다. 그런 후에 헤어와 메이크업 아티스트를 찾아 컨택하고 모델 에이전시에 콘셉트와 버젯에 맞는 모델 컴 카드(comp card; composite card의 준말로, 배우나 모델이 자신을 소개하기 위해 만든 일종의 포트폴리오)를 요청했다.

서울에서는 주로 스타일링 위주의 작업만 했고 다른 것들은 모두 광고 대행사의 몫인데 런던에서 일을 맡게 되면 비주얼 디렉터 겸 스타일리스트, 게다가 촬영 장소도 헌팅하고 모델 캐스팅도 직접 해야만 했다.

드디어 촬영 날이 되었다. 런던답게 오전부터 비가 내렸다. 언제 그랬냐는 듯 금세 또 해가 뜰 게 뻔하기 때문에 걱정은 하지 않았다.

다만 영국의 코로나19 방역 수칙이 6인 이상 모이는 것이 금지였던 터라 최소 인원으로 움직여야 했기 때문에 어시스턴트를 한 명 더 구하지 못해 육체적으로 조금 힘이 들었다.

촬영 장소는 이스트 런던 해크니였다. 이 동네는 활기차고 문화적으로도 다양한 면면을 볼 수 있는 장소여서 한국 광고주들에게 인기가 많다. 그래피티가 많은 쇼디치를 거쳐 빅토리아 파크까지 가는 카날(Canals)을 따라 산책하는 모습, 브로드웨이 스트리트의 트렌디한 카페에서 커피 한잔을 즐기는 모습, 런던 필드 공원 앞에서 블랭킷을 깔고 한가한 런던의 오후를 보내는 모습 등을 연출하며 촬영을 이어나갔다.

우리나라에서 촬영했을 땐 찍어야 할 분량이 많아 시간이 턱없이 부족할 경우에는 식사를 거를 때가 종종 있었지만 외국에서는 절대 그런 일이 없다. 매너 있게 스태프들의 휴식 타임과 식사 타임을 지키는 건 기본이다.

다국적 스태프들이 모였지만 모두 성격도 좋고 하나같이 프로페셔널해서 촬영은 시간 내(워킹 타임도 반드시 지켜줘야 한다) 착착 마무리가 되었다.

그 뒤로 얼마 후 또 한 건의 촬영이 들어왔다.

요즘엔 인스타그램으로만 홍보를 하는 브랜드들도 많아서 그런지 높은 해상도의 사진이 필요 없으니 전문 포토그래퍼를 섭외하지 말고 내가 직접 휴대폰으로 촬영해 달라는 거였다.

제품은 F/W 신상 볼캡이었는데 모델도 전문 모델 말고 런더너 중에 옷 잘 입은 사람을 섭외해 볼캡만 씌워 촬영해 달라는 미션. 그들이 입고 있는 리얼 착장에 볼캡만 씌워야 하니 그런 런더너를 섭외하는 게 이번 촬영의 가장 큰 일이었다.

스트리트 캐스팅을 하면 딱 좋으련만 그건 오히려 하늘의 별 따기만큼 어려운 일. 런던에서 내가 아는 인맥을 총동원해 옷 잘 입은 남녀노소 런더너들을 추천해 달라고 전화기를 돌렸다. 지인의 지인을 통해 섭외가 되면 볼캡을 들고 쇼디치로, 노팅힐로, 첼시로 촬영을 나갔다. 결국 사진을 넘겨야 하는 마감 날짜는 다가오는데 스타일리시한 할아버지를 찾지 못해 길거리 캐스팅을 나가기도 했다. 그럴수록 나의 뻔뻔함은 늘어갔다.

며칠 동안 진행된 힘든 촬영이었지만 클라이언트로부터 마음에 쏙 든다는 피드백을 받으니 그간의 피곤함이 싹 가시는 듯했다.

이번 미션을 통해 느낀 건데 패션 에디터가 아니었더라면 아마 나는 포토그래퍼가 되었을 것 같다. 사진 찍는 거에 늘 진심인 편인데 이번 촬영으로 큰 재미를 맛보았다.

여전히 세상은 넓고 할 일은 많다.

복 많은 며느리

YM

한국 시간으로 추석 전날, 에세이 칼럼 서너 개만 더 쓰면 원고 마감이라 시우의 등굣길에 노트북을 챙겨 함께 나갔다. 지인을 만나 짧게 식사를 한 후 헤어지고 다시 공원 카페로 가서 시우가 하교하기를 기다리며 키보드를 두드리고 있었다.

조용한 카페에 전화벨이 울려서 휴대폰을 보니까 슈파였다. 전화기 너머로 떨리는 목소리가 들려왔다. 좀 전에 시누이가 울면서 전화를 했는데 오늘 오전에 어머니가 갑자기 뇌출혈로 쓰러져서 응급수술을 했는데 의식이 없으시다고, 이러다가 임종을 못 볼 수도 있으니 당장 제일 빠른 비행기를 타고 들어오라는 거였다.

슈파는 시우와 내가 집까지 가는 시간조차 기다릴 수 없어서 급히 공항으로 먼저 갔고 나랑 시우는 그다음 날 비행기로 한국에 들어가기로 했다.

시우를 픽업해 노팅힐에서 윔블던까지 가는 지하철에서 나는 내내 눈물이 흘렀다. 상황을 들은 시우도 책가방에 얼굴을 파묻고 숨죽여 울었다.

시우랑 나는 불과 한 달 전에 서울에 갔다 왔고 어머니가 요리해 주신 코다리찜도 맛있게 먹었다. 그때 어머니는 아주 건강하셨기 때문에 상상조차 못 했던 일이다. 이런 일은 드라마에서나 있는 줄 알았다.

내가 슈파랑 연애를 8년 하고 결혼 생활을 16년 하는 동안 우리 시어머니는 한 번도 내 마음 상하게 하는 말씀을 하신 적이 없었다. 나 같은 며느리한테 잔소리 한 번 안 하기는 쉽지 않았을 텐데.

나중에 들은 얘긴데, 결혼 초에 시누이가 두어 번 어머니께 제삿날 내가 몇 시에 왔는지, 어머니 생신날 돈 봉투엔 내가 얼마를 넣어서 드렸는지 캐물었을 때도 "너나 너희 시댁 어른들한테 잘해라!"라며 딸을 나무라셨다고 했다. 그러면서 윤미한테 시누이 노릇 할 생각 말고 가만히 두라고, 그래야 둘이 알아서 잘 산다고.

그런 어머니 덕분에 시누이도 지금까지 내게 싫은 내색이나 언짢은 소리를 단 한 번도 한 적이 없었다.

집안의 맏집인 시댁은 제사가 참 많기도 많았다. 그럴 때마다 어머니의 손아래 작은어머니들이 총출동해 같이 음식 만드는 것을 도왔다. 그런 날 만나면 어른들은 결혼하고도 5년이 지난 시간 동안 애가 없는 나를 걱정해 언제 아기를 가질 거냐, 이제 나이도 있는데 빨리 계획을 세우라며 걱정 아닌 걱정을 해주시곤 했는데 그때마다 어머니는 또 작은어머니들께 웃으면서 "거참, 남의 며느리 언제 아기 가질 건지 말 건지 신경들 쓰지 말고 얼렁 전이나들 부치소."라며 내가 불편해하는 걸 눈치채시고 이야기를 막았다.

제사가 끝나고 시댁 어른들이 다 집으로 돌아가신 후 어머니와 단둘이 뒷정리를 하면서 괜스레 머쓱해진 내가 먼저 농담을 던졌다.

"어머니, 죄송해요. 종손 며느리로 시집을 왔는데 대를 못 잇고 여태……"

내 말이 채 끝나기가 무섭게 어머니는 이렇게 말씀하시며 나를 다독였다.

"아이고, 대 이을 만큼 훌륭한 집안 아니니까 윤미야 걱정을 말거라. 요즘엔 아이 안 낳고도 둘이 알콩달콩 잘만 살더라. 생기면 낳아서 잘 키우면 될 것이고 안 생기면 둘이 행복하게 또 살면 되지!"

내가 시어머니를 진짜로 존경하고 좋아하게 된 게 그날부터였던 거 같다. 세상에 이런 쿨한 시어머니가 또 있을까 싶을 만큼 큰 오라(aura)가 느껴졌다.

잡지 기자 일을 할 때는 명절 때마다 꼭 한 번씩은 길게 해외 출장이 잡히기도 했다. 잡지 편집 마감 때문에 며칠씩 잠을 못 자고 야근을 했던 어느 제삿날에는 "윤미야, 작은어머니들한테 너는 출장 갔다고 말해 뒀으니까 그렇게 알고 전 부치러 오지 말고 피곤하니까 집에 가서 푹 자!"라고 해주신 적도 있다.

프리랜서 스타일리스트를 하면서 일이 줄어 한가해진 달에는 돈 걱정을 투덜투덜하니까 사람이 돈을 좇으면 추한 거라고 즐겁게 일하다 보면 어느새 돈이 너를 따라올 거라며 나의 조급함도 달래주셨고.

어릴 적에 유독 예민하고 까칠했던 시우 때문에 육아에 지쳐 쓰러져 힘든 날에는 우리 엄마한테 하소연을 하는 것보다 어머니랑 통화하면서 대성통곡을 해야 맘도 편했다.

친정엄마도 항상 그런 시어머니 만난 게 내 복이라며, 맨날 나보고 잘하라고 했는데 지금 생각하니 잘해 드린 게 한 개도 없다.

가끔 슈파 때문에 짜증 난다고 말하면 "걔가 원래 무심한 구석이 있는데 우리 아들은 착하니까 또 네가 잘 가르쳐주면 잘할 거야." 라고 맞장구치며 내 편도 들어주시면서 아들에 대한 믿음과 사랑도 넘치셨다.

어머니는 독실한 불교 신자였고 나는 기독교 신자다. 그래서 결혼 전에 혹시나 결혼해서 어머니가 나에게 절에 같이 다니자고 하면 어쩌나 미리 걱정했던 적도 있다. 하지만 그런 일은 일어나지 않았다. 늘 당신은 부처님께 빌 테니 나는 하나님께 기도하라고 말씀하셨다.

어머니밖에 몰랐던 아버님이 그리우셨는지 어머니는 결국 깨어나지 못하고 하늘나라로 떠나셨다. 어머니 얼굴을 만지고 또 만지며 다음 생이 있다면 꼭 내 며느리로 태어나시라고, 나도 딸처럼 당신을 위해 주고 사랑해 주겠다고 기도했다. 무조건 내 편만 들어주던 우리 어머니는 내겐 큰 나무 같은 어른이었는데 상상조차 못 한 갑작스런 이별 앞에 가슴이 무너지고 또 무너져 내린다.

시우와 함께 쓴 이 책이 나오면 제일 먼저 어머니 유골함에 선물로 넣어 드려야지. 첫 장에는 손 편지로 이렇게 적을 것이다.

"사랑하는 나의 어머니! 부처님처럼 큰 당신을 시어머니로 만나 복 많은 며느리로 살았어요. 넘치는 사랑 덕분에 늘 감사하고 행복했고요. 어머니의 귀한 아들, 제가 지금보다 더 많이 사랑하고 아껴주면서 잘 살다 갈게요. 그러니 우리들은 걱정 마시고 아버님 만나서 편히 쉬고 계세요."

어머니가 응급 수술을 받고 의식이 없던 날, 영국에선 엘리자베스 2세 여왕님이 서거하셨다. 생전에 여왕님께서 911테러 10주년 행사를 방문했을 때 모여든 사람들 앞에서 "Grief is the price we pay for love."(슬픔은 우리가 사랑을 위해 지불해야 하는 값이다.)라는 말씀을 하셨는데 그 한 줄 말씀이 지금 내게 큰 위로가 된다.

학교가 좋아

'영알못' 시우의 고군분투기

YM

시우의 책가방을 열었다가 낱장으로 찢어진 노트 한 장을 발견하고 슈파랑 얼마나 크게 웃었는지 모른다.

그 종이 위엔 한글로 이렇게 적혀 있었다.

가위=씨즈쓰(씨는 똑바로 크게, 즈~~~, 쓰는 작게)

의자=췌~~~~(숨소리)

시계=클록

내가 아는 의자의 영어 발음은 여태껏 '체어'였는데 영국식 발음으로는 '췌~~(숨소리)'라는 걸 시우 덕분에 정확히 알았네.

어느 날 하굣길에는 오늘 새로 전학 온 여자애가 있는데 이름이 '돌씨'라며 만나자마자 친해졌다고 자랑을 늘어놓는다.

“시우야, 그 여자애 이름이 돌씨야?”

“아니 엄마, 돌시~”

“그니까 돌시.”

“아니 엄마, 돌씨라고!”

돌시인지 돌씨인지 금발 머리가 유난히 반짝거리고 눈 색깔이 파래서 인형같이 생겼다던 전학생의 이름은 알고 보니 도로시(Dorothy)였다.

‘아니 왜 그렇게 혀를 굴리는 거야?’

적응을 잘하는 거 같아 하루하루가 그저 기특하고 감사한데 영어를 못하니 하루 종일 시우의 학교생활이 얼마나 고단하고 답답할까. 짠해 보일 때가 많다.

‘그런데 말이야, 시우가 학교에 다니면 다닐수록 나와 소통이 단절되는 이 기분은 뭐지?’

오늘도 시우 덕분에 소리 내서 크게 웃어본다.

수학이 뭐기에

YM

시우는 수학을 제일 싫어하고 잘하지도 못한다.

초등학교 2학년 때 일이다.

"시우야, 알림장 보니까 다음 주 화요일에 수학 1단원 평가 있다던데?"

"응. 곱셈인데 나 곱셈 못해, 엄마."

"아닌데~ 네 책 보니까 곱셈 잘했던데!"

나는 시우가 교과서에 풀어놓은 곱셈식(다 맞았다고 동그라미 표시까지 크게 되어 있던)의 페이지를 펼쳐 보이며 손가락으로 가리켰다.

"시우야, 이거 봐. 너 다 맞혔잖아!"

그랬더니 심드렁한 얼굴로 말했다.

"이거 옆 짝 거 보고 다 베낀 거야."

어떤 날은 느닷없이 그림을 그리다 말고 말을 툭 뱉는다.

"엄마, 그림을 그릴 때 나는 아무 생각이 안 나거든? 근데 수학을 하려면 생각을 해야 돼! 나는 생각하는 게 너무 귀찮아!"

어젯밤에는 자려고 누웠는데 시우가 학교에서 있었던 일을 이야기해 주었다. 나는 듣는 동안 히죽, 웃음이 나오는 걸 간신히 참았다.

시우의 Year5 때 담임 선생님은 수학 담당인데 현재는 Year2의 담임을 맡으셨다. 선생님이 어제 아침 어셈블리(Assembly)가 끝나고 시우를 부르더니 부탁할 게 있다고 했단다. 선생님 반에 새로 온 전학생 남자애가 있는데 영어를 아직 잘 못하니까 그 아이한테 매일 영어 동화책을 읽어줄 수 있냐고 시우에게 부탁한 모양이다.

"엄마, 내가 처음에 알파벳도 모르고 영국에 왔잖아. 그때 진짜 내가 말을 안 해서 그렇지, 영어 못해서 학교에서 엄청 답답하고 너무 많이 힘들었거든. 그래서 내가 당연히 그 동생한테 책을 읽어준다고 했어. 옛날 생각이 막 나더라고!"

"시우야, 너 진짜 멋지다. 이제 우리 시우가 영어도 잘해서 동생도 가르쳐주는 거야? 오~진짜 기특한데?"

그러면서 시우를 한껏 추켜세웠다. 진짜 자랑스럽기도 했고.

그런데 기특한 건 여기까지.

글쎄, 선생님의 제안을 흔쾌히 수락한 시우에게 고맙다고 말한 선생님 귀에 대고 "Then can I read a book for him in math class?"(선생님, 그럼 대신에 수학 시간에 책을 읽어줘도 될까요?)라고 물었다고.

자기는 장난 반 진담 반으로 선생님께 딜(deal)을 한 모양인데 선생님은 그냥 껄껄 소리 내서 크게 웃으시며 알 수 없는 윙크만 날리셨다고 했다.

"엄마, 나는 수학 시간이 정말 너무 싫어. 이 세상의 숫자를 다 없애버리고 싶어!"

그러고 보니 곰곰이 생각해 보면 시우가 수학을 잘 못하는 이유는 우리 탓도 크다. 작년에 한국에 잠깐 갔다 런던으로 돌아와야 했을 때 옷이며 먹거리로 트렁크가 터질 듯해 무게를 재보니 역시나

오버가 되었다. 아무리 빼도 빼도 무게가 줄지 않자 슈파가 방법을 찾았다.

“여보, 시우 수학 문제집 산 거 있지? 그거 다 빼! 어차피 풀지도 않을 거야!”

영국에 오니 여기도 마찬가지로 수학이 중요한 나라다. 영어와 수학은 중학교나 고등학교 진학을 위해서 떼려야 뗄 수 없는 중요한 시험 과목이기 때문이다. 그런데 꼭 모든 아이들이 다 잘할 필요가 있을까. 꿈이 다르다면 각자가 수학을 공부해야 하는 이유도 다르지 않을까.

“정말 수학이 뭐기에. 우리 시우 살려!”

숲이 좋아

SIU

우리 학교는 월요일마다 숲에 간다.

나는 그래서 포레스트 스쿨 수업이 있는 월요일을 좋아한다.

미스터 맥콜리(Mr. McAuley) 담임 선생님은 직접 미니버스를 운전해서 우리를 숲으로 데려가는데 인원이 많아서 두 번이나 왔다 갔다 하신다. 숲에 도착하면 입구에 우리 학교 이름이 써 있는 푯말을 꽂는다. 우리가 여기서 수업을 하고 있다는 표시를 하기 위해서다.

우리는 숲으로 걸어 들어가서 겉옷이나 물병 같은 걸 나뭇가지에 건다. 그리고 잘려진 나무 토막으로 서클(원)을 크게 만든 후에 그 위에 앉는다. 다음엔 선생님이 매일 같은 안내 말씀을 해준다.

선생님이 안 보이는 데 가지 않기,

모르는 강아지 만지지 않기,

모르는 사람 따라가지 않기,

시냇물 가까이 가지 않기 등등.

(규칙을 자꾸 어기면 숲에 가지 못하게 될 수도 있다.)

선생님의 스피치가 끝나면 우리는 자유 시간을 갖는다. 그러면 나는 친구들이랑 술래잡기, 숨바꼭질, 만들기, 그림 그리기를 한다. 나뭇가지로 비밀 본부 짓기도 한다.

숲에서 하는 수업 마지막 날에는 마시멜로랑 갈릭 브레드, 핫 초콜릿, 비스킷을 나눠 준다. 나는 마음껏 집어 먹고 싶은데 선생님이 개수 제한을 준다. 보통 한 사람당 두 개가 맥시멈이다. '더 먹어도 될 거 같은데 왜 두 개만 주시는 거야?' 나는 속으로 불평을 한다.

한번은 숨바꼭질을 하다가 토머스(Thomas)랑 같은 곳에 숨었다. 한참을 같이 있는데 발자국 소리가 들렸다. 우리는 입에 손을 갖다 대며 서로 '조용히 해'라고 손짓을 했다. 그러자 아무도 없다고 생각한 애들이 우리를 찾지 못하고 돌아갔다. 한참이 지난 후 멀리서 우리를 찾는 소리가 들렸다. 그제야 밖으로 나와 걸어가니 모든 아이들이 학교로 돌아갈 준비를 하고 있었다.

그래서 나는 토머스에게 "We're dead!"라고 조용히 말했다.

너무 길게 숨어 있었던 거다.

서울에서 살 때는 엄마 아빠랑 주말에만 가끔 서울숲에 놀러 갔었는데 런던 학교에서는 월요일마다 친구들과 함께 숲에 가서 노니까 정말 재밌다.

숲은 우리들에게 최고의 놀이터이다.

시우의 용기에 박수를!

YM

단계적으로 록다운이 해제되면서 런던은 다시 활기를 찾기 시작했다. 셀프리지 백화점 앞엔 그동안의 한을 풀기라도 하듯 양손에 몇 개씩 노란색 쇼핑백을 들고 나오는 사람들로 북적거리고 카페나 레스토랑의 야외 테이블엔 손님들로 넘쳐났다.

시우네 학교도 코로나 바이러스가 많이 수그러들자 작은 행사들을 하나둘 다시 열기 시작했다.

오늘 저녁엔 학교 근처의 작은 교회를 빌려 크리스마스 행사를 한다고 1년 만에 학부모들을 초대했다. 아담하지만 클래식한 교회는 들어서는 순간 너무나도 아름다웠다.

어린 학년의 아이들은 아기 예수 탄생을 주제로 연극을 선보였고 5~6학년 아이들은 한 사람씩 나와서 한 학기 동안 방과 후 수업 시간에 갈고닦은 첼로, 피아노, 바이올린, 플루트 연주 실력을 마음껏 뽐내는 자리였다.

그런데 전체 행사가 시작되기 전에, 나눠 준 식순의 팸플릿에도 없는 시우의 독창이 먼저 시작되는 게 아닌가.

단상 위에 올라선 시우는 떨지도 않고 '라스트 크리스마스(Last Christmas)'를 불렀다. 높은 단상에 선 사람이라고는 그간 설교하는 목사님이랑 조회하는 교장 선생님만 봤는데 그 위에 올라가 노래를 하는 사람이라니, 그게 내 딸이라니 그저 신기하고 기특했다.

나는 그제야 크리스마스 행사가 있기 전전날엔가 자기가 노래를 할까 말까 고민 중이라며 시우가 내게 건넨 말이 어렴풋이 떠올랐다. 시우의 방과 후 음악 수업은 기타였는데 시작한 지 얼마 되지 않아 솔로 연주를 할 만큼의 실력이 아니었던 거다. 그래서 엄마 아빠도 오는데 아무것도 안 하기가 좀 민망했는지 어쨌는지 독창을 하겠다고 용기를 냈나 보다.

높은 단상에 올라가 떨지도 않고 부른 '라스트 크리스마스'는 그 어떤 가수의 노래보다 세상 감미롭게 교회 전체에 울려 퍼졌다. 그녀의 허스키한 보이스는 그날만큼은 '내 귀에 캔디'였다.

신은 용기 있는 자를 결코 버리지 않는다고 했던가.

어떤 상황에서도 용기 넘치는 시우, 사랑하고 응원한다.

스타일리스트 엄마의 재능 기부

YM

영국에는 어떤 날을 기념하는 소소한 'Day'가 참 많다. 이런 날이면 스타일리스트 엄마의 재능 기부가 빛을 발하는 순간이 찾아온다.

'Red Nose Day'는 빨간 장난감 코를 달고 일상에서 소소한 즐거움을 찾자라는 취지의 캠페인인데, 이 캠페인에 참여하기 위해 1파운드를 내고 빨간 코(대형 마트에서도 파는데 우리는 아마존에서 구입했다)를 산다. 그 모양은 매해 디자인이 달라지는데 여우, 꽃, 무당벌레 모양 등으로 다양하고 위트 넘친다.

이런 날에는 빨간 코와 어울리게 교복 양말을 레드 컬러로 바꿔서 매치해 주면 끝이다. 그러면 크게 멋 부리지 않아도 룩에 포인트가 되면서 예뻐 보이니까.

'Silly Socks Day'는 자폐증 환우들을 돕고 그들에 대해 다시 한

번 생각하고 지지하는 도네이션을 목적으로 하는 좋은 행사이다. 이날에는 우스꽝스러운(독특한 나만의 것!) 양말을 신고 가는 게 포인트.

이제는 너무 유명해진 'Christmas Jumper Day'도 있다. 이건 영국에서 시작된 글로벌 기부 캠페인인데 여기서 점퍼(Jumper)는 스웨터의 영국식 표현이다. 겨울을 따뜻하게 해주는 스웨터처럼 아이들의 따뜻한 겨울나기를 바라는 마음으로 모두가 점퍼를 입는 날이다.

우리는 집 근처에 있는 대형 테스코 매장으로 달려갔다.

먼저 시우에게 마음에 드는 디자인의 스웨터를 고르게 한다. 스웨터를 시우가 고르면 나는 거기에 어울리는 모자나 스카프, 양말 같은 액세서리를 맞춰준다. 이마저도 요즘엔 다 시우가 알아서 스타일링하지만.

'Dress to Express for Children's Mental Health Week'라는 날은 영국에 와서 처음 들어봤다. 한마디로 자유분방하게 나 자신을 마음껏 표출하는 날이라고 생각하면 된다.

이럴 때는 취지에 맞게 시우에게 스타일링을 전적으로 맡긴다. 어떤 조언도 하지 않는다. 그러면 또 알아서 본인에게 어울리는 아이템을 옷장에서 척척 골라낸다.

"이건 〈스쿨 오브 락〉의 올드 버전이야. 어때, 엄마?"

시우도 나도 제일 좋아하는 날은 'World Book Day'이다. 말 그대로 이날은 책 속의 캐릭터를 하나 선택해 그 캐릭터에 맞게 코스튬한 옷을 입고 학교에 간다.

이날은 선생님, 학생 모두가 책 속의 캐릭터로 완벽히 변신한다. 학교에 도착하면 운동장은 온통 동화책에서 방금 빠져나온 듯한 주인공들로 북적북적 시끌시끌하다.

시우의 첫 번째 월드 북 데이 코스튬은 '삐삐 롱스타킹'이었다. 머리숱이 많은 시우의 헤어를 삐삐처럼 땋아서 옆으로 바짝 세워주고 싶어서 철사를 여섯 개나 넣어 땋았는데도 축축 가라앉았다. 양말도 컬러가 다른 짧은 것, 긴 것을 짝짝이로 신겨 자유분방함을 표현해 주었다. 그런데 하필 록다운 기간 중이어서 온라인 수업을 하느라 모니터에 옷은 안 보이고 얼굴만 달랑 보였다. 아쉬움 가득 남았던 첫 번째 월드 북 데이였다.

Year6가 되어 두 번째 맞은 월드 북 데이에 시우가 선택한 책 속

캐릭터는 초록색 지붕 집의 '빨강 머리 앤'이었다.

옷장 문을 열었다. 뭔가 아이디어를 얻고 싶어 행어에 걸린 내 옷을 하나씩 하나씩 들춰보기 시작했다. 그런데 이게 웬일! 무려 15년도 더 된, 패션 에디터 시절 밀라노 컬렉션 출장 중에 산 마르니 원피스가 한눈에 탁 들어오는 게 아닌가. 소매와 헴 라인만 줄이면 시우에게 꼭 맞는 빨강 머리 앤의 드레스가 될 것 같았다.

이런 행사가 있는 날 아침이면 아이들은 어쩜 깨우지 않아도 늘 일찍 일어나는 걸까. 소풍 가는 날 내가 그랬듯 말이다. 새벽까지 원고를 쓰느라 늦게 잤던 난 시우보다 늦게 일어났다. 먼저 일어난 시우에게 굿모닝 인사를 했다. 몇 시에 일어났는지 시우는 한껏 들뜬 얼굴로 화장실 거울 앞에 서서 흥얼거리며 앤으로 분장하기 위해 얼굴 전체에 주근깨를 작게 크게 그리고 있었다.

시우는 며칠 전부터 완벽한 변신을 하려면 머리 색깔도 레드 컬러여야 한다며 가발을 사달라고 졸랐다. 하지만 레드 가발까지 사기에는 필요 이상의 지출이 생길 거 같아 허락해 주지 않았다. 말은 그렇게 했어도 시우 말이 맞다. 그 부분이 제일 포인트니까. 결국 가발 대신 동네 부츠(Boots)에 가서 1회용 컬러 스프레이를 3.99파운드에 사 왔다. 머리를 땋은 후 신문지를 어깨에 두르고 스프레이를 헤어 전체에 뿌려주니 제법 빨강 머리 앤스러워졌다. 덕분에 거실 바닥은 온통 뻘건 색으로 뒤범벅이 되었지만 라피아 모자까지 꾹 눌러쓴 시우가 거울을 보더니 흡족한 미소를 짓는다.

학창 시절에 한 번도 이런 이벤트를 겪어보지 못한 나로서는 여기서 학교를 다니는 시우가 마냥 부럽고 이런 날을 온전히 즐길 줄 아는 애티듀드를 가진 이들의 삶이 진짜 멋져 보인다.

단순한 놀이와 재미를 즐기는 날이라기보다 저마다 뜻이 깊고 의미 있는 메시지를 전하는 날들.

아이를 통해 많은 걸 배운다. 소중한 경험이 켜켜이 쌓여간다.

20

Pippi

This is not an Oscar

SIU

얼마 전 Year6 졸업식 행사 순서 팸플릿 커버에 내가 그린 트로피 그림이 프린트되었다. 내 그림이 프린트된 커버를 여러 사람들이 들고 있으니 뿌듯했다.

나는 그날 Year5 중에서 유일하게 교장 선생님 상장을 받았다. 일년 동안 가장 많이 발전한 학생에게 주는 상이라고 했다. 영국에 오기 전에 따로 영어를 배운 적이 없어서 처음엔 알파벳도 헷갈렸는데 지금은 그때보다 잘하니까 주는 상인가 보다.

교장 선생님이 내 이름을 불러서 단상 위로 올라갔다. 그런데 나도 모르게 갑자기 눈물이 났다.

처음 영국에서 학교에 다닐 때는 브레이크 시간에 친구들이랑 수다도 떨고 싶었고, 플레이할 때도 엘라처럼(같은 반 여자아이) 영어를 잘해서 내가 먼저 놀이도 제안하고 싶었을 때가 진짜 많았다. 그때마다 영어로 말을 할 줄 몰라 정말 답답했다. 그랬던 내가 교장 선생님께 칭찬상을 받는다니, 기뻐서 눈물이 나는 거다.

근데 교장 선생님이 상장을 주면서 울고 있는 나에게 이렇게 말씀하셨다.

"Siu, This is not an Oscar."

행사장에 와 있던 엄마들, 아빠들 그리고 선생님들까지 크게 웃으셨다.

봉준호 감독님이 영화 〈기생충〉으로 오스카에서 큰 상을 받았다고 들었는데 그 오스카와 나의 트로피는 무슨 상관인 걸까.

아무튼 나는 상장을 받았고 눈물이 많이 났지만 기쁜 날이다.

생애 첫 수학여행

YM

시우가 영국 남부의 시골 마을로 생애 첫 수학여행을 떠났다.

유치원 다니던 일곱 살 때 여름에 원내에서 1박, 2학년 방학 때 다니던 교회의 여름 성경학교에서 1박을 한 이후 그 흔한 슬립 오버(sleep over) 한 번 해본 적이 없는데 우리 품을 떠나 3박 4일이나 자고 온다니 감개무량과 동시에 근심 걱정부터 앞섰다.

시우가 없는 3박 4일이 훌쩍도 지났다. 그녀가 돌아오는 날이라 시내에 있던 나는 부랴부랴 집으로 향했다. 해맑은 얼굴로 버스에서 내리는 시우와 눈이 마주쳤다. 활짝 웃는 얼굴을 보니 안심이 되었다. 진하게 허그를 한 뒤 트렁크와 메고 간 배낭을 받아줬는데 출발할 때와 사뭇 다른 엄청난 무게감에 깜짝 놀랐다.

"아니, 가방이 왜 이렇게 무거워? 도대체 뭐가 들어 있는 거야?"

집에 도착해 가방을 열었는데 빼도 빼도 돌이 나온다.

"시우야, 더들 도어(Durdle Door)의 바닷가 돌은 네가 다 들고 왔니?"

"엄마, 이거 전부 다 화석(fossil stone)이야. 엄청 귀한 돌이야. 선생님이 설명해 줬어. 무늬를 봐. 같은 건 하나도 없어. 다 모양과 줄이 다르잖아!"

아무리 눈을 씻고 봐도 화석인지 모르겠고 무엇보다 자잘하면서 예쁜 돌들도 많았을 텐데 오이지를 눌러 놓아도 될 만큼 큰 돌을 무겁게 집까지 이고 지고 오다니 기가 찼다.

수석 수집가가 되려나. 시우야, 너 진짜 누굴 닮았니.

행복은 성적순이 아니잖아요

YM

시우가 영국 학교에서 처음으로 가을 학기 성적표를 받아 왔다.

영국 초등학교 성적표는 학교마다 형식이 다 다르다. 시우네 학교의 경우엔 영어, 수학, 과학에 대해서만 언급을 해준다. 한국처럼 성적표라 하지 않고 해당 학기의 성취를 학부모에게 알려준다는 취지의 리포트 형식이다. 어떤 점이 부족하고 어떤 점이 우수한지에 대해 각 담당 선생님이 언급을 해주시고 교장 선생님의 전체적인 코멘트가 적혀 있는 페이퍼이다.

시우는 영국 나이로 열 살(한국 나이로는 열두 살)이다. 원래대로라면 Year6에 다녀야 하는데 알파벳도 모르는 상태로 영국에 왔기 때문에 입학할 때부터 시우를 한 학년 낮게 배정해 달라고 요청했다. 그 결과 현재 자기보다 한 살 어린 동생들과 Year5에 재학 중이다. 그래 봤자 다 친구의 관계지만.

영국 학교에는 교과서가 없다. 교과서가 없기 때문에 대부분의 수업은 교사들의 재량껏 이뤄진다. 한국 학교에서는 교과서를 보고 진도를 나가고, 그 진도에 맞춰 시험을 보지만 영국 초등학교는 시험이 따로 없기 때문에 교사에 따라 다양한 방식으로 독창적인 수업을 진행할 수 있는 것 같다.

어떤 날엔 이건 뭐 학교에 공부하러 가는 건지 놀러 가는 건지 헷갈릴 정도다. 아침마다 필통만 달랑 든 가벼운 책가방과 물병 하나 들고 털레털레 학교에 가니까 말이다. 공부를 잘 못해도 영어를 잘 못해도 학교에 가는 게 그저 즐겁다니 그것만으로 감사한 마음이 든다.

성적표는 엉망진창이었지만 헤드 티처(head teacher)의 "She has a lovely sense of humor."(시우는 사랑스러운 유머 센스가 있는 아이예요.)라는 코멘트에 위안을 삼는다.

영화 〈미나리〉로 영국 아카데미상 여우조연상을 받은 배우 윤여정도 '콧대 높은(snobbish)' 영국인들이 주는 상이어서 더 의미가 있다며 감사하다는 수상 소감을 유머러스하게 밝혔는데, 우리 시우가 콧대 높은 영국인들을 웃길 수 있는 남다른 유머 센스를 가졌다니 왠지 뿌듯한걸? 삶에 있어 유머는 너무도 소중하니까.

런던에서 보낸 Lunar New Year

SIU

서울에서 살 때 설날이나 추석에는 전날 친할머니 댁에 갔다.

할머니는 음식 재료들을 미리 다 준비해 두시고 우리가 가면 같이 만들었다. 나는 엄마 옆에서 동물 모양 만두나 송편을 만들었다. 그럴 때 엄마랑 할머니는 내가 원하는 대로 만들어보라고 내버려 둔다.

런던에는 우리 셋밖에 없어서인지 서울에서보다 명절이 좀 심심하다. 그럴 때면 나는 더 서울에 있는 가족들이 보고 싶어진다. 귀여운 내 사촌 동생 준민이, 민재도 보고 싶고 이모들도 보고 싶다.

영국에서는 설날을 'Lunar New Year'라고 한다. 우리는 설날에 한국의 루나 뉴 이어에 대해 브리티시 패션 카운실(British Fashion Council)과 인터뷰를 했다.

촬영이 있는 날, 영국 사람 3명과 중국 사람 1명이 커다란 카메

라와 조명을 들고 집으로 왔다. 우리 가족이 루나 뉴 이어에 먹는 음식을 촬영하고 가족과 어떤 놀이를 하는지 이야기하면 된다고 했다.

그날 나는 패션 디자이너 이정우 이모가 나를 위해 만들어 주신 아주 특별한 한복을 입었다. 이정우 이모는 우리나라 최고의 한복 디자이너 이영희 선생님의 딸인데 선생님은 한복을 '바람의 옷'이라고 부르셨다고 한다. 바람에 날리는 한복의 모습이 아름답기도 하고, 바람을 따라 세계 속으로 한복의 아름다움이 널리널리 퍼지기를 바라는 마음에서 그렇게 이름을 붙인 거라고 했다.

내가 아끼는 노리개도 있다. 이 노리개도 그냥 노리개가 아니다. 이 세상에 하나밖에 없는 것이다. 내가 갖고 싶은 노리개를 그린 내 그림을 보시고 매듭 장인 김희수 선생님이 직접 만들어서 런던으로 보내주셨다. 조선 시대 때 공주들이 즐겨 하던 노리개라고 하셨다.

나는 조금 갑갑하지만 한복을 입는 게 좋다. 한복을 입으면 마치 내가 공주가 된 것 같기 때문이다.

담임 선생님께서 학교 공식 사이트에 공유할 수 있도록 한국의 루나 뉴 이어에 대해 라이팅(writting)을 해보라고 했다. 나는 그동안 내가 서울에서 보낸 명절의 기억을 떠올리며 글을 썼다. 그런데 그날 하교 후에 엄마를 만나고 나서야 내가 큰 실수를 했다는 걸 알았다.

"시우야, 오늘 학교에서 올려준 이번 주 신문 읽었거든. 그런데 무슨 설날에 송편을 먹어! 그 정도면 역사 왜곡 수준이야~~"

설날 아침에 떡국을 두 그릇이나 먹었는데 왜 갑자기 송편 생각이 났을까? 내가 생각해도 참 어이가 없었다.

"아하 엄마, 내가 갑자기 쓰느라 추석이랑 잠시 헷갈려서 그만……"

내일 학교에 가서 루나 뉴 이어에 한국에서는 떡국을 먹는다고 말해 줘야지. 그런데 송편도 먹고 떡국도 먹으면 안 되나? 둘 다 정말 맛있는데.

엄마, 내 시 읽어봐

YM

서울에 있을 때 시우가 가끔 자작시를 지어 선물로 주곤 했다. 뜬금없이 시를 지었다며 메모지에 적어서 늘 쿨하게 휙 던져주었다. 주제는 엄마, 아빠, 솜사탕, 호랑이 등으로 다양했는데 시우의 자작시 사랑은 영국에 와서도 계속되었다.

런던에는 동네마다 크고 작은 북 숍(book shop)이 많은데 그중 내가 제일 좋아하는 곳은 매릴번(Marylebone)에 있는 다운트 북스(Daunt Books)다. 서점 내부가 넓지는 않지만 지하, 1층, 2층으로 알차게 구성되어 있어 소소하게 구경하기에 좋다. 아름다운 서점으로 뽑히기도 한 이곳은 에드워디안(Edwardian) 스타일의 실내 인테리어가 무척 고풍스럽다. 오크로 짠 책장이 길게 늘어서 있고 천장이 유리로 덮여 있어 자연광이 서점 안으로 부드럽게 들어올 때면 분위기가 한층 아늑해진다.

어느 날 매릴번을 산책하다가 다운트 북스 윈도에 진열된 책을 보게 되었다. 보자마자 나는 발걸음을 멈추고 안으로 들어갔다. 쇼윈도가 온통 강렬한 호랑이 얼굴이 표지인 책으로 도배가 되어 있었기 때문이다. 어떤 책인지 궁금했다. 시우와 슈파가 둘 다 호랑이 띠여서 그런지 나도 유독 호랑이 그림에 마음이 끌린다.

책 제목은 〈TIGER, TIGER, BURNING BRIGHT!〉였다. 보자마자 첫눈에 반했는데 이 두꺼운 책이 시집이라서 더욱 반가웠다. 시를 좋아하는 시우에게 선물로 주면 딱 좋을 것 같아서 냉큼 집어 들고 계산대로 향했다.

이 책은 동물을 주제로 한 시가 무려 365편이나 실려 있어 1년 365일 매일매일 하루에 하나씩 시를 읽으면 좋겠다 싶었다. 긴 시부터 서너 줄, 짧게는 한 줄짜리 시도 있다.

시우는 무슨 책인지도 모르고 호랑이 그림을 보자마자 책 표지가 엄청 예쁘다며 좋아했다.

시우의 자작시 몇 편을 옮겨보았다.

우리 엄마

불처럼 사납고

핫팩처럼 따듯하고

침대처럼 부드러운

우리 엄마

우리 아빠

가면의 주인은 누구일까?

바로 우리 아빠지

가면을 쓰면 착한 아빠

가면을 벗으면 화산이 폭발한다

Mum

That's my mum.

This, is my mum.

Yellow, brown, short hair,

That's my mum.

Soft, kind, warm and cool.

But, remember not to turn her into a monster,

Because? that's ALSO my mum.

Chocolate Bears

Smooth, creamy, white, chocolate bear,

Are you a polar bear?

Big, strong, sweet, black chocolate bear,

Are you a black bear?

Brown, warm, fluffy

your just a normal bear.

But don't worry you three makes the best chocolate bar.

⁂ TIP ⁂

이 시집은 시우가 정말 재미있게 읽고 있는 책이라 추천한다.

책 제목은 <TIGER, TIGER, BURNING BRIGHT!>이고 selected by Fiona Waters, illustrated by Britta Teckentrup 작품인데 책 안에 삽입된 일러스트가 하나같이 너무 예쁘다. 1월부터 12월까지 시의 구성은 열두 달로 되어 있고 하루에 하나씩 읽으면 좋게 날짜까지 쓰여 있다.

시의 주제가 모두 아이들이 좋아하는 동물인 점도 마음에 든다. 6~8세용이라고 되어 있지만 어른들에게도 추천한다.

줄임 말도 통역이 되나요

YM

초등학교 2학년 때 시우랑 손을 잡고 등교를 하는데 시우가 앞서 걷던 여자애를 큰 소리로 부르며 인사를 먼저 건넸다.

"안녕? 여반!"

"시우야, 저 여자애 이름이 여반이야? 이름이 참 특이하고 예쁜데?"

"헐 엄마~, 우리 반 여자 반장이거든!"

나는 그날 여자 반장을 줄여서 여반, 남자 반장을 줄여서 남반이라고 한다는 걸 처음 알았다.

요즘 세대의 말 줄임은 상상을 초월한다.

얼죽아는 얼어 죽어도 아이스아메리카노

점메추는 점심 메뉴 추천

웃안웃은 웃긴데 안 웃겨

비담은 비주얼 담당 등등.

이 정도는 이미 알고 있었는데 겨우 2년 남짓 영국에 사는 동안 새로 줄인 말들이 쏟아져 나왔다.

군싹은 군침이 싹 도네

완내스는 완전 내 스타일

내또출은 내일 또 출근

오저치고는 오늘 저녁 치킨 고?

갈비는 갈수록 비호감 등등.

그런데 이곳 영국 아이들도 상당히 말을 줄이는 편이다. 시우가 같은 반 남자애 토머스랑 줌으로 게임을 하면서 채팅을 종종 하는데 그때 토머스의 줄임 말을 보면서 알게 되었다.

우연히 채팅 창을 보는데 내가 모르는 알파벳이 난무하기에 게임이 다 끝난 후 시우에게 물어봤다.

"시우야, 한국에서 줄임 말을 진짜 많이 쓰잖아. 여기 애들도 그래?"

"응, 엄마. 완전! 나도 새로 배운 거 엄청 많아. 알려줄까?"

IDK는 I Don't Know(잘 모르겠어)

GTG/G2G는 Got To Go(지금 가야 돼)

AMA는 Ask Me Anything(뭐든 물어보세요)

CTN는 Can't Talk Now(지금은 얘기 못 해)

GJ는 Good Job(잘했어)

JK는 Just Kidding(농담이야)

LOL는 Laugh Out Loud(정말 웃기는, ㅋㅋㅋ와 같은 의미)

Sry는 Sorry(미안해)

쓸데없이 왜 말을 줄이는 걸까. 또 딱히 그렇게 긴 말도 아닌데 굳이 줄이는 게 무슨 의미란 말인가. 이런 생각을 하는 것조차 구시대적인 마인드인가? 생각할수록 이해 불가인 세대다.

엄마와 딸의 컬래버레이션

YM

드디어 내일 시우가 Year5를 마치고 방학을 한다.

1년 동안 수고해 주신 학교 선생님들과 또 이번 학기를 끝으로 다른 학교로 떠나는 선생님들이 계셔서 감사의 선물을 하고 싶었다. 한국에서는 김영란법(지금은 개정이 돼서 적용하는 기준이 또 달라졌다고 하던데) 때문에 시우 초등학교 선생님들께 감사의 인사를 제대로 할 수 없었다. 나는 뭐든 표현하는 걸 좋아하는데 영국에는 그런 법이 없으니 자유롭게 감사의 마음을 담은 작은 선물을 드릴 수 있어서 좋다.

뭘 선물하면 좋을까 한참을 고민하던 시우가 자기가 선생님들의 얼굴을 그리면 어떻겠냐고 제안했고 나는 그림을 액자에 넣어 선물할까 하다가 좀 더 실용적인 방법을 생각해 냈다.

웹사이트를 찾아보니 그림 파일을 보내면 에코 백에 프린트해 주는 곳이 있어서 이거다 싶었다. 에코 백은 누구나 몇 개쯤 갖고 있는 흔한 아이템이지만 자기 얼굴 그림이 프린트된 에코 백, 그것도 제자가 그려 준 에코 백은 뭔가 좀 더 유니크한 선물이 되지 않을까.

이 세상에 단 하나뿐인 엄마와 딸의 컬래버레이션 아이템이 부디 선생님들 마음에 쏙 들었기를 바란다. 에코 백의 값은 개당 6파운드로 저렴했지만 순수함이 넘치는 제자의 그림이 담긴 선물의 가치는 그 이상이니까.

시우와 함께 이렇게 또 하나의 추억을 만들었다.

유머가 넘치는 시우

YM

영국으로 오기 전까지 시우에게 영어를 가르쳐준 적이 없다. 영어 유치원을 나오지도 않았고 그 흔한 영어 학원도 다닌 적이 없다. 시우가 영어를 접한 건 초등학교 3학년 학교 교과목에 영어가 있을 때부터다. 알파벳 대문자도 다 못 외웠는데 소문자를 외우라고 하니 헷갈린다고 했다.

영어는 물론이고 모든 과목을 영어로 배워야만 하는 시우의 성적이 좋을 리 만무했다. 특히나 시우는 수학이나 과학 같은 과목을 제일 싫어한다. 숙제는 내가 봐줄 수 있는 수준이 아니었다. 수학 숙제를 봐도 이게 영어인지 수학인지 모를 정도로 모르는 단어들이 수두룩했다.

숙제는 혼자 스스로 하라고 두는 편인데 어느 날엔 과학 숙제를 내주셨다며 프린트 한 장을 들고 왔다. 훑어보니 그래도 이건 좀 쉬운 문제들이었다. 'Change from heating'이라는 주제였는데 각각의 재료에 열을 가하면 어떤 변화가 일어나는지 쓰는 비교적 간단한 서술 문제였다. 예를 들어 얼음에 열을 가하면 액체가 된다. 그런 식의 것들. 시우가 숙제를 다 했다고 책가방에 금세 쓱 넣기에 제대로 쓴 게 맞는지 체크를 해보려고 오랜만에 노트를 펼쳤다.

과학 숙제 프린트를 받아 든 순간 헛웃음이 나왔다.

콘 알갱이(corn kernels)에 열을 가하면 어떻게 바뀌냐는 단락에 “It’s very delicious.”(정말 맛있어요)라고 떡하니 써놓은 게 아닌가.

영국인들은 유머가 넘친다. 영국인의 삶에서 유머를 뺄 수 없다. 그들의 대화 속에는 늘 유머가 깃들어 있고 항상 농담을 주고받는 건 아니지만 언제든지 유머를 나눌 준비가 되어 있다.

몰라서 그리 쓴 게 아닌 걸 잘 알기에 답안지를 고치라고 하지 않고 그대로 다시 넣어두었다.

노벨 문학상, 퓰리처상, 카프카 문학상, 맨부커상, 노이슈타트 국제 문학상 등 세계적인 문학상은 많지만 코미디 문학만을 선정해 심사하는 상은 흔치 않다. 하지만 영국에는 매년 우수한 코미디 소설에 주는 우드하우스상(Wodehouse Prize)이 있다. 학교에서도 우등생 말고 웃긴 사람에게 주는 상이 있다면 우리 시우가 따 놓은 당

상인데 말이다.

시우야, 나이 들어도 힘들어도 유머를 잃지 말아야 해.

계획에도 없던 입시 맘이 되다

YM

우리나라의 경우 매 학년은 1학기, 2학기 두 텀(term)으로 나뉘는데 영국 학교는 한 학년이 세 텀으로 나뉜다. 모든 학기는 9월에 시작하고 1월이 스프링 텀, 5월이 마지막 텀인 서머 텀이다. 그래서 7월에 졸업을 하거나 학년이 마무리된다. 시우도 올해 7월이면 여기서 초등학교를 졸업한다.

우리는 3년 일정으로 영국에 왔다. 계획대로라면 2022년 12월 10일이 3년이 되는 날이라 그 날짜에 맞춰 귀국할 예정이다. 그래서 시우가 올 7월에 초등학교를 졸업하는 대로 그간 못다 한 유럽 여행을 2개월쯤 한 후 나머지 두어 달은 발리에 가서 살아보면 어떻겠느냐며 오기 전부터 계획을 잡고 왔다.

그런데 코로나19가 터지면서 세웠던 계획들이 하나둘 차질을 빚게 됐다. 내일 일도 전혀 알 수 없는데 한참이나 후의 날들을 어찌

헤아릴 수 있겠는가. 그때 가서 다시 구체적인 계획을 짜보자며 잠정적으로 정리를 했었다.

개학을 며칠 앞둔 어느 날, 런던에서 두 아이를 키우는 지인을 만나 모닝커피를 마셨는데 갑자기 나에게 이런 질문을 던지는 거다.

"언니, 그래서 시우는 세컨더리(secondary) 시험 어느 어느 학교 봐요?"

"응? 그게 무슨 소리야?"

영국에서 세컨더리는 중학교를 말하는 건데 나는 질문 자체를 이해하지 못해 다시 물었다.

처음부터 우리는 시우의 교육 때문에 영국에 온 게 아니었기 때문에 시우의 학교나 진학 문제 등을 따로 생각해 본 적이 없었다. 그래서 그만큼 아는 정보도 거의 없었다. 그런데 영국은 초등학교 졸업 후 중학교를 가려면 입학 1년 전에 시험을 봐야 한다는 것이다. 물론 좋은 학교를 가기 위한 각자의 선택적인 입학시험이다.

그 시험의 종류는 지역마다 다르지만 주로 영어와 수학, Non-verbal, Verbal 이렇게 4과목의 조합에 중점을 두는 11+(일레븐 플러스)라는 시험이다.

우리는 시우를 여기서 중학교에 보낼 계획이 전혀 없었다. 초등학교를 졸업한 후에 우리는 영국에 없을 거라고 예상했기 때문에 그 이후의 스케줄은 아예 생각도 못 했고 그래서 시험을 봐야 중학교에 갈 수 있다는 것 자체를 몰랐다. 그런데 곰곰이 생각해 보니 어떻게 바뀔지도 모르는 미래의 여행 일정 때문에 시우의 진학 문제를 고려하지 않는 건 부모로서 바람직하지 못한 자세가 아닌가 싶었다. 그래서 그제야 어찌 될지 모르니 시험이라도 봐 볼까 하는 마음에 세컨더리를 알아보기 시작했고 발을 담그는 순간 계획에도 없던 입시 맘이 된 것이다.

영국은 학교마다 모집 요강의 기준이 다르고 시험 보는 과목도 형태도 다 달랐다. 그리고 무엇보다 놀라운 점은 이 모든 걸 각자의 부모가 알아서 학교를 찾아내고 지원을 스스로 해야 한다는 것이다. 그래서 나처럼 관심이 전혀 없거나 아예 몰랐던 부모들은 대략 낭패를 보기 십상인 시스템이었다.

그렇게 어느 날 갑자기 발등에 불이 떨어진 나는 감사하게도 몇몇 지인들의 도움을 받아 이곳저곳 수소문 끝에 아직 지원이 마감되지 않은 학교를 찾아냈고 원서를 극적으로 접수하게 되었다.

공립 학교는 시험을 보기 위해 따로 수수료를 지불하지 않지만 사립 학교는 최소 150파운드에서 많게는 300파운드가 넘는 금액을 내고 입학시험을 치른다고 하여 그 가격에 또 한 번 놀랐다. 보통 많이 보는 아이는 열 개가 넘는 학교의 시험을 치른다는 이야기를 들었는데 영국에서는 돈이 없으면 시험도 볼 수 없겠구나 싶었다.

5개의 학교 중에 시우가 제일 가고 싶어 하는 학교는 아웃스탠딩(outstanding, 영국 교육 표준청에서는 매년 학교 평가를 하는데 아웃스탠딩은 최고 평가 등급이다.)을 받은 미술로 유명한 공립 중학교다. 이 학교는 1차는 미술, 2차는 영어와 수학 시험을 보는데 실기 40점, 필기 60점으로 100점 만점 기준을 두고 신입생을 뽑는다.

실기 시험을 보는 날도 큰 학교를 빙 둘러 줄이 길게 늘어서 있었는데 2차 필기시험을 보는 날에는 끝도 없이 이어진 지원자의 행렬에 희망마저 바라면 안 되겠다는 생각을 할 정도였다. 모든 시험 일정이 끝나고 학교는 2022년 9월 Year7 신입생 모집 인원 240명 정원에 4000명이 넘는 학생이 지원을 했다고 발표했다. 그 소리를 들으니 영국 입시도 장난이 아니구나 싶었다. 심지어 대학도 아니고 중학교인데 말이다.

사립 학교 중에 1차 시험을 치르고 한 달 뒤에 2차 면접이 있었는데 나는 혹시 몰라 주변에 세컨더리 시험을 경험했던 엄마들에게 면접에서는 주로 어떤 질문을 하냐고 물어보았다.

그랬더니 주로 요즘 읽고 있는 책은 무엇인지, 이 학교에 지원한 이유는 무엇인지, 취미가 있다면 무엇이고 잘하는 게 있다면 무엇인지 등등이라며 정보를 주었지만 하나같이 나도 예상 가능한 질문들이었다.

면접이 있던 날 아침.

학교 앞에 도착하니 예상대로 인터뷰를 보기 위한 여학생(걸스 스쿨)들과 함께 온 보호자의 줄이 학교를 둘러 길게 늘어서 있었다. 줄을 서서 시우와 이런저런 수다를 떨며 주변을 살피다가 그만 내 뒤, 뒤, 뒤의 남자와 눈이 마주쳤다.

세상에! 데이비드 베컴이었다. '아니, 여기에 왜 데이비드 베컴이 줄을 섰지?'라고 생각하며 그 옆을 보니까 이번엔 빅토리아 베컴이다. 그제야 눈을 크게 뜨고 다시 보니 그 둘 가운데 서 있는 그들의 딸 하퍼 베컴이 눈에 들어오는 게 아닌가.

인스타그램으로 하퍼 베컴의 유치원 입학 소식을 들은 지 엊그제 같았는데 '그녀도 어느새 세컨더리에 갈 나이가 되었구나.' 속으로 생각하며 동시에 '아니, 이렇게 부잣집 딸이 지원한 학교에 주제 파악도 못하고 시우도 원서를 넣은 거야?'라며 나도 모르게 자조적인 웃음이 새어 나왔다.

데이비드 베컴을 모르는 시우에게는 영국에서 유명한 '레전드' 축구 선수였다고 말해 주었다. 나 혼자만의 해프닝을 뒤로하고 시우는 면접시험을 보러 학교 안으로 들어갔고 우리는 2시간 후에 다시 만났다.

"시우야, 그래서 면접은 어떤 식으로 했어? 엄마가 가르쳐준 거 교장 선생님이 물어봤어?"

시우는 가재 눈으로 나를 힐끗 노려보며 말했다.

"엄마, 선생님이 엄마가 알려준 질문 하나도 안 물어봤거든!"

예상을 빗나간 질문이 뭐였는지 궁금해서 그럼 어떤 질문을 했냐고 재촉하며 물었다.

"총 2개의 질문과 1개의 테스트가 있었거든, 엄마! 첫 번째 질문은 내가 타임머신을 타고 과거로 과거로 과거로 여행을 떠났는데 거기서 그랜드 그랜드 그랜드파더(할아버지)를 만났다고 가정하고 할아버지에게 컴퓨터에 대해 설명해 보래. 두 번째 질문은 이 세상에 모든 사람들이 잠을 자지 않는다면 우리 지구가 어떻게 될 것 같냐고 묻던데?"

나는 일반적이지 않은 질문을 받았다는 시우의 얘기를 들으니 어안이 벙벙했다. 정신을 차리고 세 번째 테스트는 뭐였는지 다시 캐물었다.

"엄마, 세 번째는 질문이 아니고 각자 한 명씩 이름을 부르면 교실로 들어오라고 하더라고. 그래서 내 이름 부르길래 교실 안으로 들어갔는데 책상 위에 강물 사진이 프린트된 그림이 한 장 놓여 있는 거야. 옆을 보니까 철사랑 나무젓가락이 있더라고. 그 재료를 이용해서 강물 사진 그림 위에 브리지(다리)를 만들어보래. 그것도 단 3분 안에! 근데 내가 강물 사진 위에 브리지를 진짜 금방 만들었거든. 선생님이 보자마자 어메이징하다고 했어!"

"대박!"

나는 순간 시우가 이런 질문에 대답을 어떻게 했는지보다 이 질문을 다 알아들었다는 것 자체가 기특했다. 영어를 잘 못하는 시우가 질문의 내용을 알아듣고 대답을 했다는 것만으로도 그녀의 발전에 박수를 보내고 싶었기 때문이다.

처음에는 전혀 몰랐다. 다들 그냥 조용히 학교만 다니는 줄 알았다. 그런데 한 명 두 명 학교 아이들과 시우가 플레이 데이트를 하면서 하교 후에 또는 주말에는 너나없이 과외를 하거나 학원에 다닌다는 걸 알게 되었다. 플레이 데이트를 하려는데 어느 날은 수학 학원을 가야 해서 안 되고 어느 날은 영어 과외가 있는 날이어서 안 된다는 것이다.

그러고 보니 처음 우리 동네로 이사를 왔을 때 대로변에 A+(에이 플러스)라는 수학 학원이 보이기에 내 두 눈을 의심했던 기억이 떠올랐다. 서울도 아니고 런던에서 수학 학원을 보니까 너무 낯선 나머지 슈파에게 "여기 애들도 학원을 다니나 봐? 진짜 신기하다. 왜 이렇게 이 동네랑 안 어울리지?"라며 유독 극성맞거나 학구열에 불타는 엄마들이 이 동네에 많이 사는 거 아니냐며 농담을 했더랬다.

어쩌다 정보도 하나 없는 입시 맘이 되었지만 미리 알았더라면 뭐가 달라졌을까?

귀가 팔랑거릴 때마다 시우의 느린 속도에 맞춰 나도 천천히 가보자고 다시 한번 심호흡을 해본다.

엿 붙일 뻔한 시험

SIU

엄마는 미술로 유명하다는 중학교에 입학 신청서를 넣었다. 1차는 미술 실기, 2차는 영어랑 수학 시험을 봐야 한다.

세컨더리 1차 데생 실기 시험이 있는 날이었다.

실기 시험을 위해 새벽같이 학교에 도착했는데, 꽤 이른 시간인데도 줄이 엄청 길어서 당황했다. 학생이 너무 많아서 실기 시험을 다 같이 한 장소에서 볼 수 없다고 했다. 나는 시험을 보기 위해 스포츠 홀이라는 곳으로 갔는데, 안으로 들어가니 마룻바닥에 가로, 세로 각을 맞춘 종이가 잔뜩 깔려 있었다

선생님의 지시대로 한 명 한 명씩 들어가서 종이 앞에 차례대로 앉았다. 바닥에는 종이 두 장, 그 옆에 연필 두 자루랑 클립 하나가 놓여 있었다.

모두 바닥에 앉으니 여자 선생님이 마이크를 들고 설명을 하기 시작했다.

"First, write the name of your school and your name on two sheets of paper."(먼저 두 장의 종이에 지금 다니는 학교의 이름과 자기 이름을 쓰세요.)

시험을 위해 두 개의 그림을 그리는 데 주어진 시간은 단 45분.

나는 설명을 듣자마자 바로 그림을 그리기 시작했다. 한참을 그리는데 여기저기서 웅성거리는 소리가 들린다. 아이들이 선생님께 지우개를 달라고 하는 거다. 하지만 선생님은 마이크에 대고 지우개는 준비하지 않았으니 틀려도 고치지 말라고 했다. 나는 다시 집중했고 내가 어느 정도 만족할 만한 그림이 되었을 때 선생님도 마이크를 다시 잡고 그림 그리는 것을 모두 멈추라고 했다.

완성된 그림과 썼던 연필을 복도에 준비된 바스켓에 반납하고 운동장으로 나갔다.

엄마, 아빠들이 운동장 농구 코트를 빙 둘러 우리들이 나오기를 기다리고 있었다. 멀리서 금세 엄마를 발견했다. 시간이 빨리 지나가서 좀 전에 내가 시험을 보고 나온 게 맞나 하는 생각이 들었다.

엄마는 나를 보자마자 안아주면서 "그림 잘 그렸어? 시우야, 엄마가 엿만 있었어도 학교 교문에 엿 붙이고 기도할 뻔했잖아."라고 말했다.

나는 무슨 말인지 몰라서 되물었다.

"엄마, 뭐를 붙일 뻔했다고?"

"응, 한국에서는 자기 아들, 딸들이 대학 시험을 보러 들어가면 학교 교문에 엿을 붙이는 풍습이 있거든. 엿을 붙이고 기도를 하면 그 학교에 딱 붙는다는 미신이 있어. 엄마도 네가 시험을 보러 들어가니까 딱 그 심정이었다고. 진짜 엿을 붙인다는 게 아니고. 영국인데 엿을 어디서 구해! 그리고 붙이면 엄마는 경찰에 아마 잡혀 갈걸."이라고 말하며 씩 웃었다. 나도 엄마 말이 웃겨서 따라 웃었다.

엄마랑 학교를 나오면서 속으로 이 학교에 꼭 붙었으면 하는 생각이 들었다. 학교 시설도 정말 좋았고 남녀 공학이라는 점도 좋았다. 하지만 무엇보다 학교 안에 엄청 큰 카페테리아가 있다는 걸 발견했기 때문이다.

따뜻한 요리사, 리타(Rita)

SIU

영국에서는 학교 수업도 재미있지만 나에게는 급식 시간도 매우 중요하다. 그래서 항상 런치 메뉴를 체크한다.

한 주 메뉴판은 키친 옆 보드에 붙어 있다. 맛없는 것(비프 스튜)도, 맛있는 것(치킨 누들 수프, 치킨 버거)도 있지만 내가 싫어하는 것(타코, 튜너 파스타)도 몇 개 있다.

제일 괴로운 날은 미트 프리 먼데이(Meat Free Monday)이다. 이 날은 베지테리언을 위해서 채소 메뉴만 있는 날이다. 중요한 의미가 있는 날이지만 채소를 싫어하는 나에겐 그저 슬픈 월요일이다.

그래도 우리 학교 급식은 대체로 맛있다. 매일매일 맛있는 점심을 만들어 주는 미세스 리타(Rita)와 미스 로지(Rosie) 요리사가 있기 때문인데, 두 분은 요리 솜씨도 좋지만 무엇보다 친절하다.

그래서 나는 그분들께도 자신의 얼굴이 프린트된 에코 백을 선물하고 싶었다. 이스터 방학 때 에코 백을 만들어 주는 회사에 메일을 보냈는데 택배가 늦어지는 바람에 결국 개학하는 날 갖고 가지 못했다.

그런데 개학날 아침에 엄청난 일이 일어났다. 내가 제일 좋아하는 리타가 이번 주 금요일에 학교를 떠난다는 소식을 들은 것이다.

드디어 금요일이 되었다. 아직도 에코 백은 도착하지 않았다. 나는 등교를 하면서 몇 번이고 말을 했다.

"엄마, 혹시 내가 학교 간 다음에 택배가 오면 하교할 때 꼭 에코 백 들고 와야 해. 오늘 미세스 리타 마지막 출근날이란 말이야."

그런데 학교에 도착하니 교장 선생님과 몇몇 선생님들 그리고 엄마들이 리타와 벌써 작별 인사를 하고 있는 것이 아닌가. 나는 그 장면을 보는 순간 왈칵 눈물이 쏟아졌다.

'아…… 나도 드릴 선물이 있는데.'라고 생각하니 눈물이 멈추지 않았다.

내가 계속 우니까 교장 선생님이 내게 다가와 물었다.

"Siu, Are you ok? What happened?"(시우야 너 괜찮아? 무슨 일 있니?)

나는 열심히 상황을 설명했다. 그랬더니 교장 선생님이 주방에 가서 리타에게 집 주소를 물어보는 게 어떻겠냐며 내 손을 잡고 같이 가주셨다. 교장 선생님은 리타에게 새 주소를 알려주면 시우의 선물을 학교에서 대신 보내주겠다고 말했다. 교장 선생님이 리타와 이야기를 나누는 동안 나는 새로 온 요리사 선생님을 발견했다. 그 순간 또 조금 슬펐다.

리타는 나를 안아주며 말했다.

"I'll give you my new post code, then you can send me the bag."(내가 너에게 나의 새로운 주소를 알려줄게. 그럼 너는 가방을 보낼 수 있을 거야.)

그때 새로운 요리사 웬디(Wendy)가 리타에게 다가왔다.

“Is she the one which has jacket potato every day?”(이 아이가 매일 감자만 먹는 애야?)

그랬더니 리타가 대답했다.

“No, but whenever she is having that, you must give it with tuna. She loves tuna on it.”(아니, 얘는 아니야. 그런데 시우 줄 거면 참치를 꼭 곁들여서 주어야 해. 시우가 참치랑 같이 먹는 걸 좋아하거든.)

나는 또 눈물이 날 뻔했다. 리타는 내가 좋아하는 음식을 다 기억하고 있었다. 내가 특히 좋아하는 치킨 메뉴가 나오는 날이면 몰래 내 등 뒤로 와서 접시에 치킨 다리 하나를 더 주고 갔던 일도 떠올랐다.

리타의 급식도 참 맛있었지만 그냥 나는 리타가 좋았던 것 같다. 많이 많이 그리울 거다.

마이 웨이 시우

YM

록다운 기간에는 모든 학교가 내내 온라인 수업을 했다.

시우는 영어를 못하니까 온라인 수업은 더 집중하기 힘들어했다. 들어와 봤자 모니터 앞에서 어느새 사라지고 혼자 듣고 있는 나를 발견한다. 모니터 앞에 바르게 앉으라고, 숙제 좀 하라고, 왜 이렇게 돌아다니냐고 입씨름과 먹히지도 않을 잔소리를 하면서 서로 스트레스만 받느니 내버려둔다. 그래서 시우는 온종일 논다.

영어 수업 중에는 테스트를 거쳐 단계별로 레벨을 올리는 과제가 있었는데 시우는 고작 며칠 전에 3단계를 넘겼다. 같은 반 아이들은 (물론 영어를 잘하니까) 평균 10단계씩 다 넘겼다. 그런 걸 자꾸 옆에서 보니까 내버려두다가도 나도 모르게 조바심이 생긴다.

"시우야, 다른 친구들은 지금 10단계 11단계를 다 넘었던데 너도

3단계를 깼으니까 4단계 5단계 올라가야 하지 않을까? 엄마 생각에는 매일 인형 옷만 만들고 있으면 안 될 거 같은데! 단계 업그레이드 하고 싶은 마음이 안 들어?"

"아니, 전혀!"

예상치 못한 대답에 또 말문이 턱 막힌다.

요즘엔 유튜브를 보며 종이 구관 인형 만들기에 심취해 있다. 종일 스케치북에 인형을 그리고, 색칠하고, 오리고, 거기에 맞는 긴 머리, 짧은 머리 가발을 만들어 씌우고 옷을 만들어 갈아 입히며 논다. 이런 모습을 보고 있자니 하루에도 몇 번씩 시우 때문에 힐링도 되었다가 뒷목도 잡게 된다. 그럴 때마다 다짐하듯 또 중얼거린다.

'그래, 네 갈 길을 가라고. 네가 원하는 대로 살라고.'

주인공은 나야 나

SIU

이번 학년 말에는 공연이 있다. 우리 학교는 〈Olivia!〉라는 연극을 한다고 선생님이 말해 주었다.

이번 연극은 빅토리아 시대에 구박받던 고아에서 무대의 스타(가수)가 되는 올리비아(Olivia) 이야기이다.

수요일에는 배역을 정하는 오디션이 있다. 나는 주인공 올리비아를 꼭 맡고 싶어서 대사를 달달 외웠다.

처음 영국에 왔을 때 Year4로 입학한 나는 〈피리 부는 사나이〉라는 학년 말 연극에서 대사 딱 한 줄짜리 생쥐 역할을 맡았었다. 한 줄 대사는 "오 플리즈 플리즈(Oh, Please please)"였는데 나는 밤마다 엄마 앞에서 다양한 버전으로 연습을 했다. 엄마는 그런 내 모습이 웃긴지 보는 내내 엄청 까르르 웃었다. 그때 연극은 코로나19 때문에 학교도 봉쇄해서 결국 취소가 되었었다.

드디어 〈Olivia!〉 오디션이 있는 날 아침. 나는 거의 끝 순서였다. 먼저 오디션을 보고 나온 친구들은 대사를 까먹었다, 더듬거렸다 하면서 무척 아쉬워했다. 드디어 선생님이 내 이름을 불렀다. 조금 떨리는 마음으로 교실로 들어갔는데 들어가자마자 눈앞에 의자가 보였다. 나는 바로 의자에 앉으면서 대사를 시작했다.

내 대사가 다 끝나니까 미스터 맥컬리(Mr. McAuley) 선생님은 "Good job, Siu. Using the chair!"(시우야, 의자 사용해서 연기한 것 잘했어.)라고 말했고, 미스터 헤이먼(Mr. Haymam)이랑 미스터 올라니란(Mr. Olaniran)은 마주 보며 미소를 지었다.

오디션을 보고 밖으로 나왔는데 내 심장 소리가 밖으로까지 들리는 것 같았다.

드디어 배역을 발표하는 금요일이다.

미스터 맥컬리 선생님이 한 사람씩 교실로 불러 배역이 적힌 스크립트(script)를 나눠 주었는데 내가 들어가자마자 "Siu, don't scream, please!"(시우야, 소리 지르지 마.)라고 말했다.

나는 무슨 소리인지 알 수가 없었다. 그런데 스크립트를 받자마자 손으로 입을 틀어막고 소리를 꽥 질렀다. 바로 내가 주인공 올리비아가 된 것이다! 나는 정말 뛸 듯이 너무너무 기뻤다.

그런데 한 학년 어린 메이지(Meiji)가 다가와서 말했다.

"Look Siu, in the drawing she has blond hair but you've got a dark brown hair!"(시우야, 이것 봐. 그림의 주인공은 금발인데 너는 갈색 머리잖아.)

나는 아무렇지도 않게 말해 주었다.

"Yeah, I know. But it doesn't matter. What you see in the picture is not everything. A picture is a picture, and I'm me."(나도 알고 있어. 하지만 그게 무슨 문제야. 사진에 보이는 게 다가 아니야. 나는 그냥 나일 뿐이야.)

엄마는 연극에서 중요하지 않은 배역은 없다고 했다. 그러면서 그래도 내가 영국 애들을 다 제치고 주인공을 맡다니 아무리 생각해도 기특하다고 엄청 좋아하고 칭찬도 많이 해주었다.

'근데 왜 엄마가 나보다 더 좋아하는 거 같지?' 하하하.

엄마가 좋아하니까 나도 덩달아 기분이 더 좋아졌다.

THE STUDY SCHOOL
presents
OLIVIA!

그런데 스크립트가 50장이라니! 올리비아 대사는 그중 반이 넘고. 나는 죽었다 이제!!!

나는 웃긴 사람이 좋다

SIU

래빗 홀(Rabbit Hall) 교실에서 수업을 하다가 지우개를 두고 온 적이 있다. 그런데 찾으러 갈 시간도 없이 다음 수업이 바로 시작되었다. 장난도 잘 치고 엄청 재미있어서 내가 좋아하는 미스터 올라니란(Mr. Olaniran)의 영어 수업 시간. 나는 앞으로 나가서 선생님을 쳐다보며 물었다.

"Can I go to the rabbit hall for a second?I left my rubber."(래빗 홀에 잠깐 다녀와도 될까요? 제 지우개를 놓고 왔어요.)

혹시나 허락해 주지 않을까 봐 일부러 눈을 좀 슬픈 고양이처럼 떴다.

그런데 선생님은 단칼에 "No!"(안 돼!)라고 하셨고 나는 늘 친절

한 선생님이 갑자기 왜 안 된다고 하는지 궁금해서 이번엔 더 슬픈 눈을 하고 물었다.

"Why?"(왜요?)

그랬더니 선생님이 "The rabbit already ate your rubber."(토끼가 너의 지우개를 이미 먹었어.)라고 말하는 게 아닌가.

나는 그제야 선생님이 장난을 치고 있다는 것을 알았다.
나는 맞장구를 쳤다.

"But I heard that he said he pooped it out!"(그런데 제가 듣기로는 토끼가 똥을 싸서 이미 지우개가 나왔다는데요?)

선생님이 내 말을 듣자마자 두 손을 번쩍 들더니 "Ok Siu, I gave up. Go ahead!"(내가 졌다. 어서 다녀와, 시우야.)라고 말했고 나는 래빗 홀에 뛰어가서 소중한 내 지우개를 찾아 왔다.

수업이 시작되었는데 나는 토끼가 내 지우개를 먹었다는 선생님의 말이 자꾸 생각나서 웃음이 자꾸 나왔다.

우리 영어 선생님은 정말 웃기다.

나는 웃긴 사람이 참 좋다.

파티야 졸업식이야

YM

어쩌다 글로벌 '영알못'으로 영국에 온 시우는 온 지 2개월 만에 코로나 팬데믹으로 9개월간의 힘겨운 록다운을 거쳐야 했고, 우리는 본머스에서 런던으로 이사를 했다. 그러는 와중에 전학까지 하게 되면서 많은 우여곡절과 산전수전을 다 겪었지만 오늘 드디어 무탈하게 초등학교를 졸업했다.

어제는 졸업식 전야제 같은 Prize Giving Day(상장 수여일)였는데 시우는 Art Cup, ICT Cup 두 개의 트로피를 받았다. 아쉽게도 트로피는 개인 소장용으로 주는 것은 아니고 'SIU PARK' 수상자의 이름과 받는 연도(2022)를 새겨 학교에 보관을 했다가 후배들이 또 그다음 해에 트로피를 이어받는 전통적 방식의 상장 수여식이었다.

어제 상장과 트로피를 받을 때만 해도 나는 어렵게 헤쳐 나간 우리의 영국살이가 여러모로 잘 마무리되는구나 싶어 그저 감사한 마음뿐이었는데 막상 졸업하는 날 학교에 도착해 선생님들과 아이들을 만나니 울컥한 감정이 치밀어 올라 눈물이 나올 뻔한 걸 참느라 혼났다. 갑자기 그간 말로는 표현할 수 없을 만큼 힘겨웠던 크고 작은 일들이 파노라마처럼 내 눈앞에 펼쳐졌기 때문이다.

하마터면 눈물을 흘릴 타이밍에 시우가 내 앞에 시끄럽게 나타났다. 아침 등교 때만 해도 새하얗던 교복 셔츠였는데 온통 형광 사인펜으로 낙서가 빼곡했다.

미스 프래게이로(Miss. Fragoeiro) 선생님이 엎드린 시우 등에 무언가 쓰는 게 보였다. 간지러움을 잘 타는 시우는 선생님이 라이팅을 하는 동안 가만히 있지를 못하고 온몸을 비틀어가며 까르르 까르르 웃고 있었다.

나중에 보니 선생님은 셔츠 위에 이렇게 적었다.

"Dear. Siu

I believe

You will make an amazing artist.

All the best!

Miss. Fragoeiro."

옆에 있던 친구들도 한 명 한 명 돌아가며 서로 좋은 말들을 써주니 아이들의 교복 셔츠는 텍스트의 물결로 빈틈없이 가득 메워졌다. 우리나라 초등학교 졸업식 풍경과는 사뭇 달라 매우 이색적이었다.

한 가지 또 다른 점은 슈파와 나 말고 꽃다발을 들고 온 엄마, 아빠가 단 한 명도 없었다는 사실! 그래서 나도 기념으로 시우 사진만 한 장 후딱 찍어주고 바로 오피스 선생님께 선물로 드렸다.

낮 12시가 넘어가자 재학생들은 모두 먼저 하교를 했고 Year6 학생들과 그들의 보호자들 그리고 모든 학과 선생님들이 학교 플레이 그라운드에 모였다. 그리고 졸업생들만을 위한 비비큐 파티가 시작되었다.

영국도 요즘 이상 고온 현상(heat wave)으로 연일 30도가 웃도는 무더운 날씨가 계속되고 있는데 시우의 담임 선생님이 이 폭염 속에서 땀을 뻘뻘 흘리시며 패티를 직접 구워 햄버거를 만들어 주셨고 엄마들은 왓츠앱(WhatsApp)을 통해 미리 이야기 나눈 후 각자 겹치지 않게 샐러드를 하나씩 싸 가지고 왔는데 학교에서 준비해 준 와인, 음료들과 함께 나눠 먹으며 담소를 나눴다.

두어 시간이 지나니 하나둘 인사를 하고 자리를 뜨기에 우리도 그 타이밍에 맞춰 마지막 인사를 나눈 뒤 교문을 빠져나오려는 찰나, 플레이그라운드 가득 로스 델 리오의 노래 ‘마카레나(Macarena)’가 흘러나왔다. 삼삼오오 모여 이야기 나누던 선생님들 그리고 뛰어놀던 아이들이 모두 노래에 맞춰 마카레나 춤을 추기 시작했다. 우리를 따라나서던 시우도 다시 그 무리에 잽싸게 합류해 마카레나 춤을 추었다. 엄마들은 휴대폰을 꺼내 들고 그 사랑스러운 모습을 카메라에 담기 시작했다.

날씨만큼 강렬했던 졸업 파티가 끝나고 진짜 마지막 인사를 서로 나누며 허그까지 하고 교문을 나서는데 시우에게 선생님들이 하나같이 “Siu, let’s meet at V&A later. Siu, I hope to see you in RA!(시우야, 나중에 V&A에서 보자, 시우야 RA에서 꼭 보기를 바랄게!)”라며 격려를 해주셨다.

나는 그때 뒤돌아서면서 꾹 참았던 눈물을 흘렸다.

"SIU! Good Luck."

Everything is Art

그냥 내가 좋아서 시우도 데리고 간다

YM

시우랑 주말이면 미술관에 자주 간다. 그런 피드를 자주 인스타그램에 올리니까 지인들이 종종 묻는다.

"시우는 미술관을 엄청 좋아하나 봐요?"
"미술관에 가면 엄마가 따로 부연 설명을 해주나요?"

결론부터 말하면 아니다.

아이가 미술관을 좋아해 봤자 놀이동산도 아니고 얼마나 좋아하겠나. 엄마의 설명 같은 건 더욱 없다. 안타깝게도 나는 미술에 대해 설명할 정도의 수준이 못 된다. 우리는 그냥 각자 본다. 이야기를 나누지 않는 날이 더 많지만 가끔은 어떤 그림이 제일 좋았는지, 서로의 베스트 작품을 뽑아 왜 좋았는지 물어보는 정도다.

그래도 미술관에 간다. 그냥 내가 좋아서 시우도 데리고 간다.

어떤 날엔 우리가 너무 자주 가니까 시우가 물었다.

"엄마, 이번 주말에 또 미술관 갈 거야? 나 귀찮은데~"

"시우야, 미술관 가는 거 싫어?"

"그건 아니고! 엄마 웃긴 게 뭔지 알아? 가자고 할 때는 막상 귀찮아서 가기 싫은데 또 들어가잖아? 그럼 나도 모르게 재미있어서 그림을 자꾸 보게 돼."

미술관을 갈 때는 시우에게 꼭 스케치북이나 아이패드를 챙기기를 당부하는데(안 갖고 가면 꼭 찾기 때문에) 그럼 그림을 몇 점 보지 않고 미술관 바닥에 대자로 누워서 드로잉을 할 때도 있고 가만히 앉아 있기도 한다.

난 그림을 더 보라고 잔소리하지는 않는다.

그냥 자유롭게 그 공간에 시우를 둘 뿐이다.

미술관에서는 무엇을 느끼느냐가 생각이나 말보다 더 중요하다고 생각하기 때문이다.

⁂ TIP ⁂

시우가 뽑은 뮤지엄 Best 5

1 Victoria and Albert Museum (빅토리아 앨버트 뮤지엄)

코트 야드에 물놀이를 할 수 있는 작은 분수가 있어서 좋다. 여긴 특히 카페가 예쁜데 거기서 먹는 스콘이 제일 맛있다고.

2 Tate Modern(테이트 모던)

가끔 가면 운 좋게 터바인 홀에서 만들기 놀이를 할 수 있어서 좋단다. 집에서는 그림을 그리거나 만들기를 하면 정리를 해야 해서 귀찮은데 여기서는 온갖 재료를 다 갖다가 맘대로 써도 되고 어질러도 야단치는 어른이 없어서 좋고 카페에 들러 창가 자리에 앉으면 템스 강변이 훤히 보여서 좋다고.

3 Natural History Museum(자연사 박물관)

공룡관이 제일 신나는데 책에서만 보던 공룡 화석, 흰수염고래의 골격, 실제 기린의 골격까지 전시 중이라 그 규모에 엄청 놀랍고 신기했다고.

4 The National Gallery(내셔널 갤러리)

가는 길에 트라팔가 광장에서 다양한 공연을 하는 사람들이나 광장 바닥에 앉아 그림을 그리는 아티스트들을 많이 만날 수 있어서 좋아하는데 갤러리 자체도 반 고흐의 해바라기 그림이나 모네의 꽃 그림, 렘브란트의 자화상 등 자기가 좋아하는 유명한 그림이 많아서 더욱 좋다고.

5 Pitzhanger Manor & Gallery (피츠행어 매너 앤 갤러리)

자기가 좋아하는 줄리앙 오피의 작품을 갤러리 앞마당에서 볼 수 있어서 좋다고. 개인의 집을 갤러리로 바꾼 곳이라 작고 예쁠뿐더러 갤러리 근처에 큰 공원이 있고 그 안에 놀이터도 있어서 좋으며, 특히 이 갤러리 카페에서 파는 핫초코가 맛있다고 귀띔해 주었다.

에어드롭으로 생애 첫 그림을 팔다

SIU

2021년 9월 12일 서머셋 하우스(Somerset House)에서 〈런던 포토 페어 2021〉 전시를 했다. 엄마는 이곳에 모인 사진들이 전 세계 15개국의 갤러리가 가져온 것이라고 말해 주었다.

한국 작가의 소나무 사진을 보기 위해 엄마와 엄마 친구와 나는 취리히에서 온 갤러리(Christopheguygalerie) 부스를 찾아갔다.

엄마와 이모는 갤러리 관장님과 인사를 나눈 뒤 사진을 둘러보고 있었고 나는 창가에 놓인 에코 백 일러스트가 예뻐서 보자마자 하나 사달라고 엄마를 졸랐다. 그때 관장님이 하나 선물로 줄 테니 고르라고 했다. 나는 하이힐을 신고 요가를 하듯이 고개를 푹 숙인 여자가 그려진 에코 백을 골랐다.

그러고 나서 관장님께 말을 걸기 시작했다. 나는 그림 그리는 것을 좋아한다고 얘기하고는 들고 간 아이패드를 열어 내 그림을 막

자랑했다. 관장님이 내 그림을 보더니 잘 그린다고 칭찬해 주셔서 기분이 참 좋았다.

그런데 갑자기 관장님이 나에게 "Do you sell your drawing? Can I buy two of your paintings please?"(너 그림도 파니? 내가 네 그림 2점을 살 수 있을까?) 그러는 거다.

나는 놀라서 눈이 휘둥그레졌다.

"엄마, 팔아도 돼? 얼마 받으면 되지?"

엄마도 어리둥절해하며 머뭇거리다가 내가 받고 싶은 금액을 말씀드리라고 했다.

관장님은 2점의 그림을 고르더니 자기의 메일로 보내달라고 했지만 나는 에어드롭을 켜라고 말씀드렸다.

나는 그날 난생처음으로 내가 그린 그림 2점을 스위스에서 온 외국인 갤러리 관장님께 팔게 되었다.

'나중에 꼭 유명한 아티스트가 되어야지!'라고 다짐한 날이었다.

☘ TIP ☘

세계적인 사진 축제인 <런던 포토 페어>는 서머셋 하우스에서 열린다. 이곳은 템스 강변에 웅장하게 들어서 있는 아트 센터이다. 여름이 되면 영화, 콘서트, 분수 쇼를 감상할 수 있고, 겨울이 되면 스케이트 링크도 들어서는 등 다양한 퍼포먼스, 문화 공연이 열린다.

서머셋 하우스 안에 위치한 코톨드 갤러리(Courtauld Gallery)는 규모는 크지 않지만 유럽 최고의 인상주의 컬렉션을 자랑하니 꼭 들러보길 추천한다.

카페 와치 하우스(Watch House)에서의 커피 한잔해도 좋다. 서머셋 하우스 광장이 바라다보이는 창가 쪽 자리에 앉아보라.

초딩 시우의 NFT 아트 마켓 데뷔기

YM

에어드롭으로 시우가 자기의 그림을 낯선 외국인 관장님께 팔고 난 한 달 후쯤 어느 날. 그 취리히 갤러리 관장님으로부터 인스타그램을 통해 DM을 받았다. 제안할 일이 있으니 혹시 줌 미팅이 가능하냐는 내용이었다.

그래서 나와 슈파는 2021년 10월 13일 저녁 취리히-런던 줌 미팅을 하게 되었다. 줌 미팅의 안건은 관장님이 자신의 갤러리를 통해 NFT 사이트에 시우의 그림을 등록하고 싶다는 것이었다. 시우는 아직 어리기 때문에 영 아티스트로서 가능성이 많고 앞으로 어떤 일이 벌어질지 모르니 도전해 보면 어떻겠냐고!

그래서 2021년 11월 7일 관장님이 NFT 대표 사이트인 오픈시(Opensea)를 통해 'SIUSIU'로 직접 등록했고 등록한 후 "Let's see what happens"라는 메시지가 왔다.

오픈시(Opensea)는 NFT 마켓을 대표하는 사이트로 블록 체인인 이더리움이라는 가상 화폐를 이용해서 디지털 아트를 등록, 판매할 수 있는 사이트이며 개인 등록도 가능하다. 어떤 자격이나 조건이 있는 건 아니고 일정의 수수료를 지불하는 조건에 동의하면 등록할 수 있는 방식이다.

사실 난 NFT 아트에 대해서 잘 몰랐고 이전엔 오픈시라는 사이트도 전혀 알지 못했다. 우연히 만난 취리히 갤러리 관장님이 아니었더라면 여전히 모르고 살았을 것이다.

총 13점의 시우 그림이 등록되었는데 그중 4점의 작품이 비딩 중이고 결과는 아직 알 수 없다. 시우 그림 같은 경우는 갤러리에서 그림의 가격을 책정해 주었다. 시우는 갤러리를 통해서 등록할 수 있어서 정말 운이 좋았던 것 같다. 좋은 경험이니까.

런던도 서울과 마찬가지로 이제 막 NFT의 세계에 뛰어든 아티스트와 갤러리가 늘고 있는 것 같다. 시우를 통해 또 새로운 세계에 발을 들여놓았다. 뭐가 됐든 매일 취미로 그린 것들로 이런 경험을 하게 된 게 가치 있는 일 아니겠나.

아무튼 "London is Magic!"

기분 좋은 시우 그림

YM

금요일 저녁에는 알람을 맞춰 놓지 않는다. 스스로 잠에서 깰 때까지 늦잠을 늘어지게 자겠다는 나의 속셈이다.

대학원에 다니는 슈파 때문에 시우의 등하교 라이딩은 온전히 나의 몫이 되었다. 아침잠이 유독 많은 나에겐 이보다 더 힘든 일은 없다. 시우도 나를 닮아 아침잠이 많은데 왜 무엇 때문에 주말 아침에는 깨우지도 않는데 꼭두새벽부터 일어나 부스럭부스럭 시끄럽게 하는 걸까.

그날 아침에도 시우가 몇 번이고 안방 문을 열었다 닫았다 하는 바람에 늦잠을 자야겠다는 나의 굳은 의지는 진즉에 깨지고 말았다.

어쩔 수 없이 거실로 나와 "모닝 모닝" 상쾌한 척 인사를 하고 슈파에게 커피 한 잔을 부탁했다. 커피를 좋아하는 슈파는 핸드 드립으로 기가 막히게 커피를 잘 내린다.

커피 향기가 작은 거실을 가득 채운다.

그제야 바닥에 엎드려 아이패드에 그림을 그리고 있는 시우도 눈에 들어온다. 다 그렸다며 코앞에 아이패드를 들이밀었는데 큰 고래 위에 사람이 우뚝 서 있는 모습을 그려 놓은 게 아닌가.

그림의 내용이 궁금해져서 커피 한 모금을 넘긴 후 물었다.

"이 그림에는 어떤 내용이 담겨 있는 거야?"

"고래와 친구가 되어서 바닷속을 함께 여행하는 소년의 모습이야."

왜 하필 고래를 그렸는지 궁금해 질문을 또 던졌다. 그랬더니 어젯밤에 읽은 시가 고래를 주제로 한 시였다고 말해 주었다.

그 그림의 느낌이 너무 따뜻해서 프린트를 맡겨 액자에 넣어 줘야겠다고 생각했다. 바닷속을 그린 거니까 되도록 크게 프린트해서 시원하게 보고 싶었다.

쇼디치(Shoreditch)에 프린트 잘하는 곳을 추천받아 파일을 맡겼는데 사장님께서 아쉽지만 그림판의 사이즈가 너무 작아서 A3 사이즈까지만 프린트가 가능하다고 했다.

프린트를 찾아와 아마존에서 구입한 12파운드짜리 나무 프레임 액자에 넣어 안방 침대 맞은편 벽에 걸었다. 시우 덕분에 자려고 누우면 '고래와 친구가 되어 바닷속을 함께 달리는 소년'을 감상할 수 있다.

시우뿐만 아니라 '이 세상의 모든 아이들은 아티스트다.'라는 말이 전적으로 맞다고 생각한다. 내 주변의 아이들은 거의 모두 그림 그리기를 좋아하고 만들기를 잘한다.

시우도 어렸을 때부터 그랬다. 배운 적이 없으니 그냥 자기 붓 가는 대로 그렸다.

나는 특히 시우가 쓰는 컬러감을 좋아하는데 시우는 다양한 컬러를 과감하게 사용했고 고사리손으로 끄적끄적한 것이었지만 내겐 여느 아티스트 작품 못지않게 특별했다. 그래서 한 점 두 점 시우의 그림을 버리지 않고 모으기 시작했고 나중엔 그 그림들을 모아 서울의 갤러리 이안 아트 스페이스에서 〈시우와 이안이〉라는 타이틀로 작은 전시회를 열어주기도 했다.

따로 배운 게 아니라 스킬은 없지만 시우만의 감각이 살아 있다고 해야 하나. 그리고 또 뭘 그리든 만들든 항상 제목 붙이는 걸 좋아했다. 삐뚤삐뚤 그린 그림일지언정 그냥 아무 생각 없이 그린 그림은 하나도 없었다. 작품마다 스토리가 있는 게 재미있었다.

시우야, 네가 좋아하는 그림 실컷 그리며 행복한 삶을 살아!

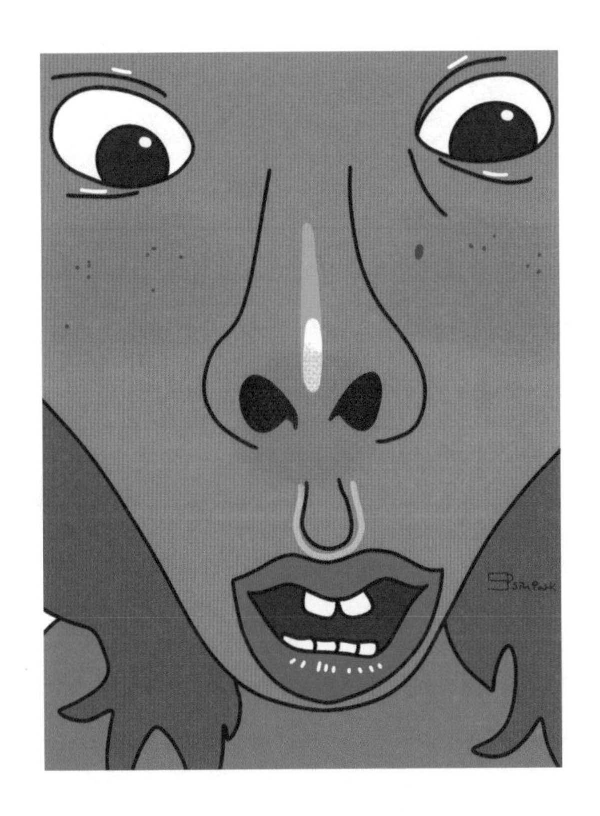

슈파는 호모 에렉투스

YM

오늘 저녁에는 슈파가 감자옹심이 요리를 했다. 감자옹심이는 슈파가 만드는 음식 중에 시우와 내가 좋아하기로 다섯 손가락 안에 꼽는 메뉴 중 하나다. 옹심이의 모양새는 좀 터프하지만 영국 감자가 맛있어서 그런지 유난히 더 맛있다.

저녁은 슈파가 했으니 양심상 설거지 담당은 나다. 설거지까지 말끔히 끝낸 후 셋이 둥근 테이블에 모여 각자의 일을 한다.

슈파는 대학원 숙제를 하고 나는 에어팟을 귀에 꽂고 인스타그램 둘러보기로 재미있는 영상을 찾는다. 거실 바닥에 앉아 아이패드로 유튜브를 보며 놀고 있던 시우가 무슨 생각이 났는지 갑자기 스케치북과 색연필을 들고 와 테이블에 다시 앉는다. 그러더니 공부하는 슈파의 얼굴을 그리기 시작했다.

중간쯤 그렸을까? 그리면서 혼자 깔깔거린다. 분명 아빠 얼굴을 그리고 있는데 그리면 그릴수록 돌아가신 친할아버지 얼굴이 된다면서 아빠랑 할아버지가 이렇게 똑같이 생긴 줄 미처 몰랐다며 또 깔깔거린다.

다 그린 그림을 나에게 보여준다.

"어, 근데 이 얼굴 어디서 많이 본 익숙한 얼굴인데. 시우야! 아빠를 그린다고 해놓고 호모 에렉투스를 그려놨네? 그래 어쩐지 너희 아빠 바비큐를 잘하더라."

하하하. 우리 셋은 그림을 보고 한참 동안 눈물까지 흘리며 자지러지게 웃었다.

스트레스 뿌셔 뿌셔!

SIU

엄마가 어느 날 드럼을 배워보면 어떻겠냐며 런던의 드럼 학원에 나를 데리고 갔다. 닉(Nick)이라는 선생님이 하는 드럼 학원은 컨테이너 박스 안에 있었다. 엄마는 밖에 있는 의자에 앉았고 나는 닉을 따라 컨테이너 박스 안에 있는 작은 부스로 들어갔다. 드럼 스틱을 잡는 법, 드럼 앞에 앉는 법을 배웠다. 처음 쳐본 드럼 소리가 너무 좋았다. 재미있을 것 같아 계속 배워보겠다고 했다.

드럼을 세게 치면 기분이 좀 풀리는 것 같다. 스트레스가 막 풀리는 기분이 든다.

아빠가 아마존에서 일렉트로닉 드럼을 사 줬다. 헤드셋을 연결해서 드럼을 치면 나에게만 소리가 들린다. 진짜 엄청 신기했다. 주변은 조용한데 드럼 소리만 들리는 것 같아서 방 안에 혼자 있는 것같이 느껴지기도 한다.

일렉트로닉 드럼을 치면 에코가 울리는데 치는 순간 그 에코 소리에만 집중하게 된다. 그 기분이 참 이상하다. 닉의 스튜디오 드럼과 조금 느낌이 다르지만 드럼을 치고 싶을 때 집에서도 칠 수 있다는 것이 좋다.

언제 드럼을 잘 치게 될지는 모르지만 일단 재밌게 배워보기로 했다.

츤데레 시우

YM

테이트 모던에서 필리다 발로(Phyllida Barlow) 전시를 보고 1층에 마련된 키즈 워크숍에 참여했는데 이건 뭐 난장판 수준이었다. 뮤지엄이 아니라 마치 놀이터에서처럼 자유분방하게 노는 아이들의 모습을 보았다. 여기저기 폐박스와 조각조각 잘린 패브릭이 날아다니고 아이들은 그런 재료를 자유롭게 주워다 오리고 붙이면서 만들기에 열중이었다.

이런 곳에서 살면서 지천에 널린 다양한 문화를 온몸으로 흡수하는 이곳 아이들이 마냥 부럽다는 생각을 하며 그 모습을 하염없이 바라보고 있었다.

시우도 행사 부스에 들어가자마자 전속력으로 달리더니 폐박스랑 커피 원두를 담았던 것 같은 마대자루를 주워 와 무언가를 만들기 시작했다. 마치 의자 같기도, 찜질방 막 안의 모습 같기도 한 건

축 형태의 어떤 것을 만들기 시작했다.

“시우야, 지금 만들고 있는 건 뭐야?”

“내가 다 만들고 나면 맞혀봐. 힌트는 흠~ 엄마가 좋아하는 거야!”

“내가 좋아하는 거? 흠 뭐지? 찜질방?”

“땡!”

“그럼 의자야?”

“땡!”

“그것도 아니면 휴대폰?”

“땡!”

결국 작품의 제목은 맞히지 못했다.

나중에 자기가 만든 건 몽골의 전통 집 ‘게르’였다고 말해 주었다. 영국에 오기 몇 달 전에 우리는 몽골로 가족 여행을 떠났는데 그때 내가 게르에서 자면서 장작 타는 소리, 타들어가는 나무 냄새 그리고 그 안에서 들었던 음악들, 밤마다 헤아렸던 수많은 별들을 보면서 백 번쯤은 한 것 같은 말이 있다.

“시우야, 너무 좋다, 정말 좋아. 엄마 지금 너무 행복해.”

그때 내가 했던 말들을 시우는 잊지 않고 기억하고 있었던 거다.

엄마가 했던 말들을 생각하고 기억해 준 시우의 마음이 고맙고 감사했던 날.

말괄량이지만 알고 보면 엄청 부드럽고 정이 많은 아이. 그런 아이가 내 딸이어서 감사해.

⁂ TIP ⁂

테이트 모던은 터바인 홀(Turbine Hall)에서 가끔 아이들을 위한 프로젝트를 여는데 공간을 체험할 수 있는 인스톨레이션, 다양한 이벤트가 자주 열린다. 온라인으로 미리 예약을 할 수도 있고 워크인으로 가서 줄을 서도 된다. 요금은 공짜다.

잊을 수 없는 〈스쿨 오브 락〉

YM

뮤지컬 〈스쿨 오브 락(School of Rock)〉이 2년 만에 오픈했다. 이미 시우와 동명의 영화를 재미있게 봤던 터라 뮤지컬로도 꼭 보고 싶던 차에 오픈 소식이 들렸으니 너무나 반가웠다.

공연은 뉴 윔블던 시어터(New Wimbledon Theatre)에서 했다. 에드워드 시대에 지어진 100년도 넘은 극장이다. 그래서 그런지 아담했지만 포스는 넘쳤다.

극장을 배경으로 시우와 사진 몇 장을 찍고 자리에 앉으니 막이 올라갔다. 모든 공연을 라이브로 연주하다 보니 뮤지컬 공연장이 순식간에 록 콘서트장으로 바뀌었다. 무대 위에서 벽 하나가 그대로 내려오면서 빠른 속도로 안착하는 배경도, 빠르게 움직이는 장면 전환도 예술이었다. 시작과 동시에 한껏 몰입하며 공연을 관람했다.

그런데 이게 무슨 일이람? 공연 시작 불과 몇 분도 채 지나지 않아 오디오의 결함으로 잠시 재정비를 해야 한다는 안내 방송이 나오더니 30분이 지나서야 다시 막이 올라갔다. 그리고 또 시작 10여 분 만에 같은 이유로 중단! 그러더니 결국 디렉터인지 어떤 나이 든 신사 한 분이 무대 위로 올라오더니 정말 미안하지만 오늘은 음향 시스템을 고칠 수가 없어서 부득이 공연을 취소해야 할 것 같고 환불에 대한 안내는 메일로 주겠단다.

'2년 만에 다시 보게 된 뮤지컬이라고. 이게 말이나 되는 소린가?'

속으로 열불이 나는 걸 참고 상황을 지켜보고 있는데 참 희한했다. 아무도 컴플레인을 하는 사람이 없는 것이다. 그냥 다들 '할 수 없지.' 그런 안타까운 얼굴을 한 채 자리에서 일어나 나가는 거다.

집으로 돌아오는 길에 영국에서 오래 산 지인이랑 오늘의 에피소드를 이야기하며 거듭 이해가 안 간다고 말하니까 이렇게 말하는 것이다.

"언니, 여기서 뮤지컬 보다가 쫓겨난 사람들 꽤 봤어요. 영국이잖아요! 아마 그들도 집에 가면 웹사이트 들어가서 엄청 컴플레인하고 있을 거예요."

다음 날 이렇게 날려버린 어제의 뮤지컬이 너무 아쉬워 슈파에게 어제 못 본 공연료는 환불 받고 오늘 새 표를 사서 다시 보자고 제안했다. 쇠뿔도 단김에 빼라는데 보기로 한 건 빨리 봐야 하지 않겠냐고. 우리는 다시 2층 자리로 표를 샀다.

그날 저녁에 공연 시간이 다 되어 빨리 가자며 시우의 방문을 열었는데 스모키 아이 메이크업을 독특하게 한 시우가 나를 보고 씩 웃는다.

"아니 시우야, 네 눈은 그게 뭐니?"
"엄마, 이게 바로 록 스피릿 메이크업이야!"

시우는 10년도 넘은 나의 징 박힌 클로에(Chloe) 앵클부츠에 라이더 재킷, 거기에 록 스피릿 메이크업까지 셀프 스타일링으로 장착하고 제대로 출동할 채비를 마쳤다.

오늘은 제발 테니크컬 결함 없이 무사히 뮤지컬을 끝까지 관람할 수 있기를.

막이 올랐고 공연이 시작되었다. 10대 초반의 아이들에겐 무대의 동선을 외우는 일조차 벅찼을 것 같은데 춤을 추고 악기를 연주하고 거기에 노래까지 완벽하게 부르다니, 아역 배우들의 실력에 경탄을 금치 못했다.

그렇다. 〈스쿨 오브 락〉의 진가는 어린이 밴드다. 보는 내내 엄마 미소가 저절로 나왔다. 반하고 또 반하고 반했다.

"엄마, 〈스쿨 오브 락〉의 주인공은 모두가 주인공이야! 중요하지 않은 사람이 없었어!"라며 시우도 감상평을 남겼다.

뮤지컬이 끝나고 이어지는 커튼콜은 콘서트장을 방불케 했다. 객석의 사람들은 모두 자리를 박차고 일어나 소리를 질렀다. 환호성이 무대를 뒤덮었다.

공연장을 빠져나왔는데도 어린이 밴드의 어마어마한 실력이 돋보였던 'Stick it to the man'의 노래가 귓가에 오래도록 맴돌았다.

⁂ TIP ⁂

셀 수 없이 많은 공연이 열리는 런던은 공연 예술의 천국이다. 런던 여행을 오면 뮤지컬 공연을 보면 좋은데 비싼 공연료가 부담스럽다면 여기 tix 앱을 다운로드해 러시 티켓(Rush ticket)과 로터리(Lottery) 등 저렴한 공연 티켓을 노려보자.

사이트에 들어가서 내가 보고 싶은 공연 알림을 설정해 놓으면 싼 티켓의 날짜를 알려준다. 러시 티켓은 당일에 남는 표를 싸게 파는 건데 보통 25파운드다. 우리도 이 사이트에서 60파운드 정도 하는 <Back to the future> 티켓을 25파운드에 겟했다.

단, 뮤지컬 공연은 판매 사이트마다 가격과 좌석이 조금씩 다르니 공식 홈페이지와 비교해 보면 좋다.

지금이 좋아

SIU

하교하고 날씨가 좋으면 엄마와 아빠 그리고 나는 집으로 그냥 오지 않는다. 아빠가 테니스 코트나 골프 연습장을 예약해 두기 때문이다.

오늘도 아빠가 셋이 테니스를 치고 난 후 집에 가서 백야드에서 바비큐를 해 먹자고 했다. 나는 테니스를 치는 것도 좋지만 바비큐 먹는다는 말에 더 신이 났다. 백호랑이띠라서 그런가. 나는 고기를 엄청 좋아한다.

테니스를 칠 때 나는 주로 엄마와 편을 먹고 아빠와 2 대 1로 친다. 엄마는 조금만 시간이 지나면 숨이 차다며 앉아서 아빠와 내가 테니스 치는 모습을 촬영한다.

예약 시간이 끝나가는 것은 코트에 흩어진 공만 봐도 알 수 있다.

그럼 아빠가 공을 주워 오라고 하고, 나는 누가 많이 줍나 내기를 하자고 한다. 그럼 엄마도 아빠도 뛰면서 공을 막 줍는다. 나는 테니스 라켓 위에 공을 올려 꽉 채운 다음 엄마에게 가서 "공 모둠 세트 나왔습니다, 손님."이라고 장난을 한다.

집으로 돌아오는 길에 아빠가 엄마에게 말했다.

"아까 시우랑 자기랑 셋이 테니스 치는데 문득 참 행복하다는 생각이 들더라."

나도 속으로 그런 생각을 했는데 신기하다.

서울에서는 엄마도 아빠도 무척 바빴는데 여기서는 뭐든지 셋이서 함께해서 좋다.

나는 그래서 지금이 좋다.

⁂ TIP ⁂

영국은 스포츠의 강국답게 스포츠 시설 이용료가 저렴한 편이어서 많은 사람들이 쉽게 즐길 수 있다.

런던 퍼블릭 테니스 코트의 경우 동네마다 요금이 조금씩 다르지만 보통 연회원을 가입하면 한 가족 기준으로 70파운드에서 110파운드 정도 한다. 코트는 예약제로 운영되는데 매일 1시간~1시간 30분 이용할 수 있다.

골프의 경우 필드 이용은 한국에 비해 훨씬 싸지만 드라이빙 레인지는 한국보다 비싼 편이다.

필드 이용료는 CC마다 다르지만 퍼블릭 골프장의 경우 1인당 20~60파운드 정도니 차이가 크다. 드라이빙 레인지는 1시간에 15~20파운드 정도 한다. 본인이 직접 골프백을 메거나 트롤리를 끌고 다닌다. 골프장에 따라서는 카트를 이용하는 곳도 있다.

프라이빗의 경우 퍼블릭 골프장의 가격과 비교하면 훨씬 비싼 편이다. 1인당 적게는 60파운드부터 많게는 200파운드에 이르기까지 다양하다.

우리나라는 캐디가 있지만 영국은 거의 캐디가 없는 것도 특징이다.

자신의 골프 장비가 없어도 된다. 주니어 골퍼는 골프 치는 성인과 동반해야 한다. 1명 예약도 괜찮다.

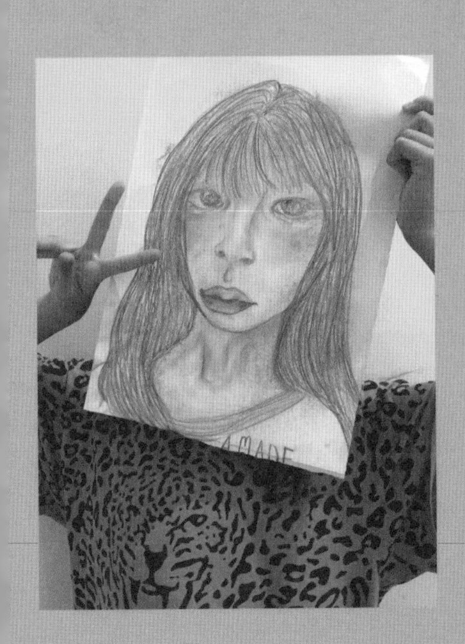
A MADE

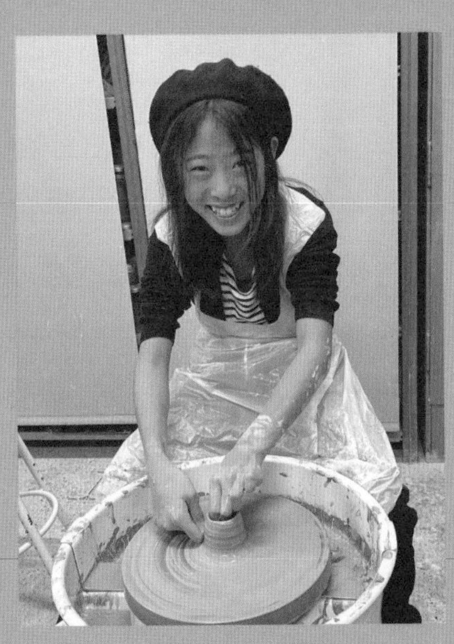

그냥 여행하는 것 같아

EPILOGUE

나는 런던 도시 전체가 좋다.

나는 주말에 엄마와 런던 시내 나가는 걸 좋아한다.

런던 시내에는 내가 좋아하는 옷 가게도 많고 구경할 뮤지엄이나 숍들이 많아서 언제 가도 신이 난다.

드디어 2022년 7월 8일! 난 영국에서 초등학교를 졸업했다.

아쉽고 그리울 것 같지만 좀 후련한 기분도 든다.

영국 초등학교는 아이 혼자 학교를 다니는 게 불법이라 나는 등하교를 늘 엄마나 아빠와 함께한다. 그래서 세컨더리에 올라가면 나 혼자 2층 버스를 타고 학교에 가는 걸 생각만 해도 설렌다.

처음 영국 학교에 들어갔을 때가 생각난다.

나는 겨우 "Where is the toilet?" "Can I get some water?" 정도

를 외워서 학교에 갔었다. 그때는 학교에 가면 거의 매일 울었다. 무슨 말을 해야 할지도 모르겠고, 알아듣지도 못하니까 하루 종일 답답해서 소리도 지르게 되고 욕을 한 적도 있다. 속상해서 많이 울기도 했다.

지금 생각하면 웃기지만 나는 몸짓으로 말할 때가 더 많았다. 그때 나를 알았던 친구들은 내가 좀 이상하거나 나쁜 아이라고 생각했을 거 같다.

하지만 지금은 영어로 말하고 듣는 데 불편함이 없어졌다. 쓰기는 아직 쉽지 않지만 “시간이 약이다.”라는 엄마의 말을 지금은 조금 이해한다.

물론 나도 많이 노력했다. 어느 순간부터 아이들의 말소리가 들리기 시작했고 나도 말을 할 수 있게 되었다. 언제부터 그렇게 되었냐고 물어보면 설명하기는 어렵다. 나도 정확히 내가 언제부터 귀가 들리고 입이 트였는지 모르기 때문이다.

나는 영국에서 엄마랑 아빠랑 셋이 지내는 게 정말 좋다.

서울에서는 엄마와 아빠가 너무 바빠서 저녁을 같이 먹는 날이 별로 없었다.

나는 외할머니네 집에서 주로 저녁을 먹었다. 그런데 여기서는 매일매일 저녁을 셋이 함께 먹는다.

아빠는 요리를 정말 잘한다.

엄마는 요리가 많이 늘었다.

엄마랑 아빠랑 함께 먹는 밥이 맛있다.

우리 엄마는 친절하고 가끔은 짜증도 내지만 쿨하다.

엄마는 어떤 때에는 인생이 별거 없다고 재미있게 살라고 한다.

그런데 또 어떤 때에는 나처럼 공부를 안 하는 애는 살다 살다가 처음 봤다고 소리를 지를 때도 있다.

어쩌라는 건지 모르겠지만 그래도 나는 엄마가 좋다.

가끔 나는 엄마에게 "우리 집은 부자야?"라고 물어본다.

그러면 엄마는 항상 웃으며 말한다.

"아니! 우리는 마음이 부자지~"

아빠가 그랬다.

인생에서 한 번 지나간 순간은 절대 돌아오지 않는다고.

나도 그 정도는 안다.

그래서 하루하루를 재미있게 보내고 있다.

자려고 침대에 누우면 엄마가 "시우야, 너는 영국에서 사는 게 왜 좋아?"라고 물어볼 때가 있는데 그럼 나는 항상 이렇게 대답한다.

"그냥 여행하는 거 같잖아!"

이 책 『유난하게 용감하게』는 그동안 우리 가족 '슈팸'이 겪은 일들을 엄마와 내가 일기처럼 편하게 쓴 것이다.

내가 아는, 또는 모르는 할머니, 할아버지, 이모, 삼촌, 언니, 오빠, 친구들이 이 책을 재미있게 읽으며 나처럼 여행하는 기분이 들었으면 좋겠다.

"유난하고 용감한 우리 가족, 많이 사랑해 주세요."

2022년 가을

런던에서 여행 중인 박시우

Sicilian Ice Cream
Brioche
Milk shake
Ice cream cup
Cannolo Siciliano
Pomegranate Juice
Orange Juice
Ice cream
Granite
Cocktail
Cocktail
Gin Lemon
Gin Orange
Gin Tonic
Vodka Lemon
Vodka Orange
Vodka Tonic
Aperol Spritz
€ 5.00
The best here
since 1969

[유난하게 용감하게]

초판 1쇄 발행 2022년 12월 1일

지은이 김윤미 박시우
펴낸이 안지선

편집 배수은
디자인 석윤이
교정 신정진
마케팅 최지연 이유리 김현지 안이슬
제작 투자 타인의취향
제작처 상식문화

펴낸곳 (주)몽스북
출판등록 2018년 10월 22일 제2018-000212호
주소 서울시 강남구 학동로4길15 724
이메일 monsbook33@gmail.com

ISBN 979-11-91401-63-9 03810

mons (주)몽스북은 생활 철학, 미식, 환경, 디자인, 리빙 등 일상의 의미와 라이프스타일의 가치를 담은 창작물을 소개합니다.